W0222356

www.lenos.ch

Kaouther Adimi

Steine in meiner Hand

Roman

Aus dem Französischen
von Regina Keil-Sagawe

Lenos Verlag

Die Übersetzerin
Regina Keil-Sagawe, geboren 1957 in Bochum, arbeitete nach ihrem Studium der Romanistik und der Germanistik als Universitätsdozentin und Kulturjournalistin. Seit rund dreissig Jahren übersetzt sie maghrebinische Belletristik, u.a. von Boualem Sansal, Yasmina Khadra, Azouz Begag, Leïla Marouane, Albert Memmi, Driss Chraibi und Youssouf Amine Elalamy; Lyrik u.a. von Habib Tengour und Mohammed Dib. Als Mitglied der Weltlesebühne e.V. organisiert und moderiert Regina Keil-Sagawe Übersetzungslesungen und leitet Workshops zu literarischen Übersetzungen. Sie lebt in Heidelberg. www.keil-sagawe.de.

Die Übersetzung aus dem Französischen wurde vom SüdKulturFonds in Zusammenarbeit mit Litprom e.V. – Literaturen der Welt unterstützt.

Der Lenos Verlag wird vom Bundesamt für Kultur mit einem Strukturbeitrag für die Jahre 2016–2020 unterstützt.

Titel der französischen Originalausgabe:
Des pierres dans ma poche
Copyright © 2016 by Editions du Seuil

Erste Auflage 2017
Copyright © der deutschen Übersetzung
2017 by Lenos Verlag, Basel
Alle Rechte vorbehalten
Satz und Gestaltung: Lenos Verlag, Basel
Umschlag: Neeser & Müller, Basel
Umschlagfoto: Keystone / Photononstop / Frédéric Soreau
Printed in Germany
ISBN 978 3 85787 480 2

Für Nesrine

Seltsam, unglaubhaft; sie war nie so glücklich gewesen. Nichts konnte langsam genug gehen; nichts zu lange dauern. Nichts kam der Lust gleich, dachte sie, die Sessel zurechtrückend, ein Buch ins Regal stossend, die Triumphe der Jugend hinter sich gebracht zu haben, sich im Prozess des Lebens verloren zu haben, es wiederzufinden, mit einem Schock des Entzückens, wenn die Sonne aufging, wenn der Tag zur Neige ging.

Virginia Woolf, *Mrs Dalloway*

Aus dem Polizeibericht. Eine Dreissigjährige ist wegen Mordes an ihrer Nachbarin verhaftet worden. Diese habe sie verhöhnt, indem sie ihr erklärte, *sie werde nie im Leben einen Mann finden, der verrückt genug sei, sie zu heiraten.* Die Mörderin habe mehrfach auf die alte Dame eingeschlagen und sie zuletzt mit ihrem Gürtel erwürgt, *weil sie noch ein wenig geatmet habe.*

Ich hätte es genauso gemacht.

Das allererste Mal.

Als ich das erste Mal, seit ich nach Paris gegangen war, nach Algier zurückkam, war ich fünfundzwanzig und konnte es kaum erwarten, meine Familie wiederzusehen.

Die Maschine war gerade auf dem Flughafen Houari Boumédiène gelandet.

Ich lächelte den schnauzbärtigen Polizisten freundlich an, der mit grimmiger Miene meine Papiere kontrollierte. Er hob den Kopf, musterte mich und blaffte: »Haben Sie ein Problem?«

Naiv wie ich war, nickte ich und begann ihm zu erzählen, wie nervenaufreibend die stundenlange Verspätung meines Fluges mit der nationalen Fluggesellschaft für mich war, wie beängstigend die unerhörte Zahl an Präsidentenporträts, die jeden einzelnen Reisenden zu überwachen schienen. Ganz zu schweigen von dieser Handvoll Männer, die träge an den Wänden lehnten, schlecht rasiert, mit gegeltem Haar und Kippe im Gesicht, dreckigen Schuhen, schmutzigen Gedanken und dreisten Sprüchen auf den Lippen. Auch wenn ich schneller ging, es änderte nichts – ihre penetranten Blicke deprimierten mich. Diese Männer: Vorspiel zum Algerien des einundzwanzigsten Jahrhunderts.

Als Vergeltungsmassnahme setzte der Schnauzbärtige eine seiner Kolleginnen auf mich an, die geschminkt war wie ein Transvestit, und bat sie, meine Handtasche einer gründlichen Inspektion zu unterziehen. Sie tastete mir honigsüss lächelnd und betont langsam den Busen ab, die Schlampe, es hätte ja ein Journalist, ein Schriftsteller oder ein Menschenrechtsaktivist dort untergekrochen sein können.

Ich war wieder daheim.

Eines Sonntagnachmittags in Paris hatte mich plötzlich das Heimweh gepackt. Ein tückischer Impuls, der mich daran erinnerte, wie viele Monate ich nun schon von zu Hause weg war.

Und selbst heute, nach all den Jahren, muss ich nur irgendwo eine jener roten Ameisen sehen, wie sie damals in rauen Scharen durch meine Kindheit wuselten, und schon fängt mein Herz an, wie wild zu schlagen, und ich halte hektisch nach einem Flugticket Ausschau, voller Angst, ich könne einen Teil meiner Seele in dieser europäischen Stadt verloren haben, in der ich inzwischen lebe. Ich muss an das Grab meines Vaters denken, das Lachen meiner Schwester, die Ängste meiner Mutter, und schon greife ich zum Hörer und rufe an.

»Ich komme nächste Woche nach Hause.«

»Für immer?«

»Aber nein … für ein paar Tage.«

»Und wann gedenkst du *für immer* zurückzukommen?«

»Ich weiss nicht … bald …«

Mit der nationalen Fluggesellschaft zu reisen, das gibt schon einen Vorgeschmack. Das heftige Zuknallen der Gepäckfächer, der Schweissgeruch, die schrillen Schreie der Kinder, die indiskreten Fragen der alten Mütterchen, die Aggressivität der Stewardessen und das Geleier der Koranverse, wenn der Flieger abhebt, alles Details, die dafür sorgen, dass ich mich meinem Zuhause schon ein bisschen näher fühle. Ich kann es kaum erwarten, wieder einen Fuss auf diesen Boden zu setzen, wieder umhüllt zu werden vom blendenden Licht.

Die erste Rückkehr nach Algier also, nach sechs Monaten in Paris. Die Angst, jemand anderes geworden zu sein. Der Drang, Anzeichen einer möglichen Veränderung zu unterdrücken.

Auch ein Polizist, der unter einem Nichtraucherschild eine rauchte, verlangte meine Papiere zu sehen. Ich hielt ihm meinen algerischen Pass und meine französische Aufenthaltserlaubnis hin. Er gab sie mir blicklos, mit verächtlicher Miene zurück. Ich stammelte ein dickes Dankeschön. Meine komplette Schulzeit hindurch, vom fünften bis zum achtzehnten Lebensjahr, hatte ich einmal pro Woche mit meinen Klassenkameraden im Schulhof die Nationalhymne gesungen. Mit frisch gebügelter, bis zum Kinn zugeknöpfter rosa Bluse stand ich da, mit properem Gesicht, kurzgeschnittenen Nägeln, die Hand auf dem Herzen, und schaute zu, wie die algerische Flagge kühn bis zur Mastspitze hochgezogen wurde. Roter Halbmond und Stern auf grün-weissem Grund vor blauem Himmel. Ich hatte Männer in Uniform gezeichnet, die tapfer dem Feind trotzten. Ich hatte Preisgedichte auf unsere ruhmreiche Armee und unsere mutigen Polizisten auswendig gelernt. Sie waren tapfer, sie waren heldenhaft, wir schuldeten ihnen ewigen Dank.

Gegenüber der Obrigkeit fühle ich mich verpflichtet, danke zu sagen.

Der Polizist geruhte nicht zu reagieren. Hier mag man die, die *drüben* leben, nicht. Man siedelt uns zwischen den Vaterlandsverrätern und den Anhängern der Opposition an. Leute, die Probleme machen. Die keine ehrlichen Absichten haben. Ich nehme das nicht persönlich. Früher war ich genauso. Vor ein paar Jahren, als ich noch in Algier lebte, konnte ich *diese Leute* auch nicht ausstehen, die ihr Land ohne jede Reue für ein Leben *drüben* aufgaben und dann für ein paar Tage *in meiner Heimat* einfielen, weil das berühmte Heimweh sie eines Sonntagnachmittags jäh überfallen hatte. Sollen sie doch krepieren, dachte ich damals. Soll sie doch krepieren, wird der Polizist sich wohl sagen, während er meinem Blick ausweicht. Ich habe ihn angelächelt, um das Versprechen zu halten, das ich Amina, meiner Freundin aus Kindertagen, gegeben hatte. Sie ist der Ansicht, ein wenig Zuneigung würde unser Land vom Klima der Gewalt befreien, wir müssten lernen zusammenzuleben, trotz der Bosheit, trotz der Steine. Und sie sind zahlreich, die Steine.

Während ich in der Schlange stand, um meine Papiere ein x-tes Mal irgendeinem Gesetzesvertreter zu zeigen, dachte ich an andere Polizisten, mit denen ich zu tun gehabt hatte, als ich fünfzehn war. Drei rote Pickel zieren zu der Zeit meine Stirn. Ich habe mein Haar zum Zopf geflochten und rosa Glitternagellack aufgetragen – ohne Wissen meiner Mutter. Ich habe eine Heidenangst beim Gedanken, sie könnte etwas merken. Aber ich kann auf das Stillschweigen meiner kleinen Schwester setzen: Die trägt selber heimlich welchen auf, seit sie zehn ist. Drei schlaksige Jungs, kaum älter als ich, verfolgen mich auf dem Weg zum Collège, bombardieren mich mit sämtlichen schlüpfrigen Beleidigungen ihres Repertoires, ziehen mich am Zopf, schubsen mich herum. Entnervt bitte ich ein paar Polizisten um Hilfe. Sie lachen und befehlen uns zu verschwinden. Noch ein paar Beleidigungen, und meine Verfolger lassen mich in Ruhe, nachdem sie ein anderes Mädchen entdeckt haben, diesmal mit roten Fingernägeln.

Vor dem Förderband beschlich mich bei dieser ersten Rückkehr jäh die Angst, das monströse Maul des Gepäckkarussells gäbe meinen Koffer nicht mehr her. Und ich habe mir geschworen, das nächste Mal eine algerische Flagge dranzubinden, um ihn schneller wiederzuerkennen und jedem zu zeigen, der es bezweifeln möchte, dass ich Algerierin bin, sogar wenn ich *drüben* wohne …

Das ist jetzt fünf Jahre her, und seitdem hat sich nichts geändert.

»Hier ist deine Mutter.«

»Ich weiss, Mama.«

»Wo bist du?«

»Im Freien.«

»Wo im Freien?«

»Vor dem Haus.«

»Oh, dann komm heute mal nicht so spät zurück.«

»Was gibt es denn, Mama?«

»Ich habe eine grosse Neuigkeit für dich, ich musste dich einfach anrufen. Ich bin ja so froh: Deine kleine Schwester wird heiraten!«

». . .«

»Hast du gehört? Jetzt bist nur du noch übrig, die wir verheiraten müssen!«

Am Abend vor Mamas Anruf laufe ich durch die nächtliche Rue des Martyrs, mit nichts als einem alten Schlafanzug bekleidet. Das Oberteil ist ein altes Hemd von Papa mit abstehendem Kragen. Das Unterteil wurde zum halben Preis im Ausverkauf erstanden. Der Gummizug ist längst gerissen, und die Hose hält überhaupt nur dank einer Haarspange.

Ich wohne in der Rue des Martyrs 59, auf der besseren Strassenseite. Weiter oben kümmert der Boulevard de Rochechouart sich darum, die Nachtschwärmer in den Griff zu bekommen. Noch weiter oben ist Montmartre. Links Pigalle mit seinen Bars, seinen Sexshops, seinen Touristen. Rechts Barbès mit seinem sagenhaften Louxor, seinen farbenfrohen Auslagen bunter Stoffe und Tücher, seinen hippen Trendsettern und Immigranten, auf die die Polizei nonstop ein Auge hat. Ganz unten eine Kirche und eine Synagoge.

Um diese Uhrzeit trifft man in den Hauseingängen und schummrigen Bars nur noch die üblichen Verdächtigen.

Da ist Clothilde, obdachlos, im beigefarbenen Regenmantel. Schleppt ständig Tüten mit Lumpen, Plastikflaschen, einen alten Koffer und Videokassetten mit sich herum. Mit ihrem weiten Kleid, ihrer schmierigen, aber kostbaren Spitzenbluse, ihren langen Fingern, an denen billige Ringe funkeln, und ihrem roten Halstuch sieht sie aus wie eine Aristokratin, die von ihren Zofen sitzengelassen wurde. Sie hockt immer im Eingang einer Bäckerei, die das Brot doppelt so teuer verkauft wie alle anderen. Das Mehl stammt anscheinend aus Schweden, der Ofen aus Japan und die Bäcker aus einer renommierten Ausbildungsstätte. Letzte Woche hat der Besitzer Clothilde mit Madame angesprochen. Sie hat ihm ins Gesicht gespuckt. Clothilde hat noch nie einem Mann gehört, sie ist eine Demoiselle von fünfzig Jahren und gedenkt das auch zu bleiben.

Ihre Schlafstätte ist auf einem kleinen Platz direkt vor einem Karussell. Jeden Morgen trinkt sie einen heissen Kaffee, den ihr einer der Händler aus der Strasse spendiert. Sie beobachtet uns, die wir in ihrem Umfeld leben. Die Kinder trauen sich nicht, ihrer Bank zu nahe zu kommen, dabei können sie gar nicht anders, als Clothilde zu streifen, wenn sie aufs Karussell wollen.

Sie gehen dabei keinerlei Risiko ein.

In besagter Nacht leistet mir Clothilde unter einem Baum Gesellschaft, und wir bewundern gemeinsam den Himmel, den ein paar orangene Laternen schwach erhellen. Ich erzähle ihr, dass Algier gegenwärtig voll der hellsten Lichter ist. Die Stadt ist ihrer Finsternis entronnen, hat sich mit Tausenden von Leuchtpunkten geschmückt. Wir wissen noch nicht, was wir mit diesen Sternen anfangen sollen. Ihr Glanz blendet uns mehr, als dass er uns beruhigt. Clothilde schüttelt ihr graues Haar und fährt mit einer Hand hindurch. Sobald ich sie verlasse, setzt sie sich wieder auf ihre Bank, mit verträumtem Gesichtsausdruck.

Wir treffen uns jeden Morgen um Punkt sieben. Ich spiele mit den Kieselsteinen, die ich auf dem Gehweg aufgelesen habe. Ich zähle sie. Clothilde schlürft ihren heissen Kaffee. Im Geist gehe ich die einzelnen Aufgaben durch, die mich im Büro erwarten. Und die Steine folgen meinen Gedanken. Ein Kieselstein, eine Aufgabe. Auf der kleinen Bank, die oft noch feucht vom Morgentau ist, so feucht, dass sie meine Kleidung nässt, defilieren die Verpflichtungen durch meinen Kopf. Die Steine reichen nicht für alle. Clothilde und ihr brühheisser Kaffee warten darauf, dass etwas passiert. Allmählich schliesst sich das Intervall, das das Erwachen vom Bewusstsein trennt, und die Pariser treten aus ihren Haustüren heraus, schon jetzt mit matten Schultern, innerlich noch erregt von den Albträumen der Nacht.

Manchmal, viel zu selten, willigt Clothilde ein, von sich selbst zu erzählen. Sie erinnert sich an die zahlreichen Liebhaber, die ihr Leben geteilt haben. Die Liebe und das Liebesleid. Laut Clothilde leiden Männer stärker unter der Liebe als Frauen. Die Liebe gräbt ein gewaltiges Loch in die Männerkörper. Ob das eine Metapher ist? Clothilde schüttelt den Kopf. Natürlich nicht. Immer wenn ihnen das Herz bricht, entsteht im Körper der Männer ein Loch. Setzt sich in ihrer Kehle ein dicker Kloss fest. Erscheinen Flecken im Weiss ihrer Augen. Und diese verlieren nach und nach ihre Farbe, so lange, bis sie ganz durchsichtig sind.

Sie versichert es mir, und ich glaube ihr.

Clothilde mit dem roten Halstuch, die Frau von der Strasse, Frau der Liebe, ist mein tägliches Morgenlicht.

Meine Mutter wäre fassungslos.

Seit Mamas Anruf macht mir mein Nacken zu schaffen. Mein Arzt hat gemeint, wenn ich einen Ehemann hätte, würde der sich schon darum kümmern. Ich habe gelacht. Gehustet. Mir die Nase geschnäuzt. Gestottert, dass ich noch nicht mal den Schatten eines Mannes hätte. Habe ihm meine Versicherungskarte gereicht. Bezahlt. Und bin in Panik auf und davon.

Wenn. Ich. Einen. Ehemann. Hätte.

Ich denke an die Statistiken, die ich gegen mich habe in einer Stadt wie dieser, einer französischen Grossstadt, denke an die Frauen, die einsam sterben oder, schlimmer noch, allein mit ihrer Katze, die ihnen dann das Gesicht zerkratzt. Man findet sie sechs Tage später. Man zerdrückt eine Träne. Und man vergisst.

Der einsame Tod. Tage, die verstreichen, ohne dass die Stimme eines Menschen ihnen Struktur verleiht. Niemand, der abends zu Hause ist, wenn eine Windböe einem den Regenschirm zerfetzt. Keine Hand, die einem heissen Tee reicht, wenn die Natur sich gegen einen verschworen hat. Kein Mann, der mit einem weint, denn manchmal braucht es ja nur das: mit jemandem gemeinsam zu weinen. Und der Körper altert langsam vor sich hin. Man wundert sich, dass man sich nicht mehr bücken kann wie gehabt. Der brennende Wunsch aber nach zwei Armen, die einen umschlingen, nach einem Körper, der schwer auf einem lastet, der bleibt.

Eines Nachts habe ich geträumt, dass mein Körper mich verlässt. Er verging vor Sehnsucht danach, gestreichelt zu werden. Verübelte es mir, dass ich ihm seine Jugend verdarb.

Am Tag, an dem Mama anrief, um mir von der bevorstehenden Verlobung meiner Schwester zu berichten, trieb ich mich nach der Arbeit noch ein wenig draussen herum. Die Strassenlaternen hatten schon ihre Lichter aufgesteckt, es war sehr kalt, und auf dem kleinen Karussellplatz pladderte der Regen nieder. Clothilde döste auf ihrer Bank vor sich hin, ihren Regenmantel fest um sich gewickelt. Den Bäumen war nur eine Handvoll roter und gelber Blätter geblieben, die uns vom nächsten Windstoss vor die Füsse gepustet würden. Hier und da ein paar Pfützen, die vom Regen erzählten, dem vom Vorabend oder dem vom Morgen. Es war eine Kulisse, die aus Schatten, viel Schatten, und Licht bestand.

Ein junges Paar klatschte einem kleinen blonden Mädchen im gelben Ölzeug Beifall, das das Lenkrad eines Rennwagens im reglosen Karussell umklammert hielt. Die Eltern lachten. Ich gab mir Mühe, sie nicht anzustarren. Mir war schmerzlich bewusst, wie begehrlich mein Blick war.

Meine Hand spielte mit den Steinchen, die ganz unten in meiner zerlöcherten Jackentasche lagen. Eine Wolke, ein Stein. Amina fehlte mir. Normalerweise habe ich es eilig heimzukommen, um mit ihr reden zu können. Wir verbringen Stunden an unseren Computern. Oft schalten sich noch andere Freunde zu unserem Chat hinzu. Und die Magie des Internets erlaubt uns, zu vergessen, dass ich weit weg bin. Als erwachsene Frau in einer fremden Stadt findet man keine echten Freundinnen mehr. Was bleibt, sind die Steine. Und Clothilde.

An jenem Abend sass auf der dritten Bank ein Mann. Seine blonden Haare waren zerwühlt. Sein Bart war ungepflegt und passte so gar nicht zu der Hose mit der perfekten Bügelfalte, dem taillierten Oberhemd und den frisch polierten schwarzen Schuhen. Er hatte harte Gesichtszüge und Fältchen um die Mundwinkel. Völlig apathisch sass er auf seiner Bank, las nicht, hörte keine Musik, telefonierte nicht, warf noch nicht einmal den verführerischen jungen Frauen, die an ihm vorübergingen, einen Blick zu. Er gab sich damit zufrieden, da zu sein, mit seinem Ehering, der nicht zu übersehen war – falls es einer in den Sinn kommen sollte, von einem Leben mit ihm in süsser Zweisamkeit zu träumen. In Paris zerschellen die Träume.

Inmitten all dieser Leute kam ich mir so überflüssig vor. Das Heimweh lugte um die Ecke, nicht lange, und es würde über mich herfallen.

Inmitten all dieser Leute rief meine Mutter mich an, um mir mitzuteilen, dass meine kleine Schwester sich verloben werde.

»Hier ist deine Mutter.«

»Ich weiss, Mama.«

»Wo bist du?«

»Im Freien.«

»Wo im Freien?«

»Vor dem Haus.«

»Oh, dann komm heute mal nicht so spät zurück.«

»Was gibt es denn, Mama?«

»Ich habe eine grosse Neuigkeit für dich, ich musste dich einfach anrufen. Ich bin ja so froh: Deine kleine Schwester wird heiraten!«

». . .«

»Hast du gehört? Jetzt bist nur du noch übrig, die wir verheiraten müssen!«

». . .«

»Die Verlobung findet in einem Monat statt, sie wollen sehr schnell heiraten, du verstehst. Du kommst doch, oder?«

»Natürlich.«

Ich habe immer gedacht, dass die Art, wie man den 1. Januar begeht, einen direkten Einfluss auf den Rest des Jahres hat. Amina und Clothilde sehen das genauso. Letztes Jahr habe ich in Gesellschaft meines

Fernsehers, eines Beutels grünen Tees und einer Packung Schokokekse gefeiert. Ich sehe in der überstürzten Verlobung meiner kleinen Schwester die direkte Folge meiner Trägheit, dieses Jahr würdig in Empfang zu nehmen. Es ist die Ohrfeige, die ich für meine schlechten Manieren bekomme.

Derlei sollte verboten werden, kleine Schwestern, die vor ihrer grossen Schwester heiraten. Es sollte genauso verpönt sein wie die Verbindung zwischen Cousin und Cousine: eine Sache an der Grenze zur Illegalität, etwas Ungesundes, das ehrbare Leute mit Unbehagen erfüllt.

Wütend zählen meine Finger die Steine in meiner Tasche ab. Drei Steine und dann noch dreimal zehn bis zur Rückkehr nach Algier, zur Verlobung meiner Schwester.

Wenn das Opferfest nahte, kam es häufiger vor, dass eine Schafherde auf den Hügeln der Stadt meinen Vater dazu zwang, nach einer Kurve jäh abzubremsen, um sie passieren zu lassen. Die Tiere bewegten sich träge voran, liessen sich alle Zeit der Welt, warfen uns manchmal kurze, verärgerte, fast schon verächtliche Blicke zu. Schliesslich waren sie hier zu Hause, die Eindringlinge waren wir. Papa lachte. Die Szene rief ihm das kleine Dorf in Erinnerung, in dem er inmitten blökender Tiere, lebhafter Kinder und dicker grauer Steine aufgewachsen war. Ich zappelte vor Ungeduld in dem überhitzten Wagen, war ausser mir und rief, dass das hier doch kein Feld sei, dass er Gas geben solle und dass es so was von ungerecht sei, mir wegen der Verrückten, der Terroristen und wegen des bösen Blicks nicht zu erlauben, die Scheibe herunterzulassen. Papa faltete dann seine Zeitung auseinander, taub für mein Gezeter, oder lächelte mir im Rückspiegel zu. Meine kleine Schwester putzte derweil hingebungsvoll ihre weissen Turnschuhe mit einem Stofftaschentuch.

Hinter uns hupten ein paar Autofahrer. Des Zeterns müde, machte ich mich am Ende daran, nach Münzen Ausschau zu halten, die unter den Teppich gerutscht sein könnten. Trotz der geschlossenen Wagenfenster nahm ich deutlich den intensiven Geruch des von der glühenden Sonne überhitzten Asphalts wahr.

In Algier regnet es nur selten. Am Morgen ist der Himmel blau und flach. Am Abend ist er trocken und schwarz. Wo auch immer ich war in dieser Stadt, über mir wachte diese beruhigende Unermesslichkeit. Ich hob den Kopf, und sie war da. Wo auch immer ich war, die Stadt und ihr seltsamer Himmel füllten mich aus, beschützten mich vor den anderen, die fast nur von der Sonne redeten, diesem frivolen Leuchtpunkt, der ständig zwischen zwei Seiten schwankte, unschlüssig, ob es sich im Osten oder im Westen besser leben liess. Der Himmel ist dieser solide, knorrige Stock, der immer da ist. Wie der alte Knotenstock meines Grossvaters, den er immer in seiner Nähe hatte, selbst als es dem Ende zuging und der Stock ihm zu nichts mehr nütze war. *Für den Fall, dass die Franzosen doch noch zurückkommen sollten,* sagte er immer.

Auf der Arbeit haben sie alle begriffen, dass ich mir ein paar Tage freinehme, um zur Verlobung meiner kleinen Schwester zu fliegen. Und alle haben sich sehr für mich gefreut, obwohl ich immer wieder betont habe: *Ich heirate doch gar nicht, ich doch nicht, nur meine kleine Schwester, diese Verrückte, hahaha.*

Ich arbeite für einen Verlag, der in erster Linie Kinderzeitschriften herausbringt. Wir können auf die Treue unserer jungen Leser zählen, süsse, wissbegierige Blondschöpfe mit sauberen Händen und glänzenden Augen – so stellen wir sie uns jedenfalls vor.

Im Büro scheint niemand etwas von der Panik zu ahnen, die mich im selben Moment befällt, in dem ich die Wohnungstür hinter mir zuschlage, und die erst dann wieder von mir weicht, wenn ich unter meine Bettdecke schlüpfe. Ich bin neunundzwanzig, leitende Bildredakteurin und fest im Beruf etabliert. Man hört auf mich und traut mir etwas zu. Wir sind führend in einem stark expandierenden Marktsegment in einem Land, in dem Kinder unter zwölf Jahren lesen, kommentieren und kritisieren können, bereits ausgeprägte Abneigungen haben und wissen, wie man die Kreditkarte ihrer Eltern benutzt.

Ich bin weit weg von Algier, von meiner Schwester, meiner Mutter, von Amina, von der Welt, die lange Zeit die meine war.

Meine Kollegen sind überqualifizierte Mittdreissiger. Sie geben vor, links zu wählen, glauben nicht an Gott, schmieren sich mit religiöser Inbrunst Feuchtigkeitscreme ins Gesicht und sind gnadenlos ambitioniert. Sie träumen von einem radikal anderen Leben: aus Paris wegziehen, sich in einem kleinen Dorf in der Provence niederlassen, dort ein Stück Land kaufen, ihr eigenes Gemüse anbauen und ein Buch über einen hochherzigen Anonymus schreiben. Dann könnten sie endlich ihr Leben geniessen, hätten genügend freie Zeit, müssten nicht mehr mit öffentlichen Verkehrsmitteln fahren, überhöhte Mieten zahlen, Radio hören, wissen, was der Lauf der Welt ist. Die Gegenwart einfach loslassen. Es überkommt sie gerade so. Momente, in denen sie sich zu überzeugen versuchen, dass es noch nicht zu spät ist. Etwa so, als würde ich jäh von Heimweh gepackt, derart machtvoll, dass ich anfinge, von einem neuen Leben in der Kabylei zu phantasieren, wo ich meine Zeit mit der Aufzucht von Schafen, der Zubereitung von Speisen auf der Basis von Olivenöl und dem Nähen farbenfroher Kleider verbrächte. Manchmal rede ich zwar davon, aber ich werde es ganz bestimmt nie tun. Der soziale Aufstieg führt vom Land in die Stadt, von der frischen Luft zur Umweltverschmutzung, vom Fahrrad zur Strassenbahn. Der Bau der Metro von Algier war ein politisches, soziales, kulturelles, familiäres, wirtschaftliches und religiöses Unterfangen zugleich. Sie symbolisiert, wonach wir streben: schnellstens wegzukommen, so weit wie möglich.

Um meinen französischen Kollegen eine Freude zu machen, spiele ich ihr Spiel trotzdem mit. Ich beschreibe die weisse Stadt auf den Hügeln in ihrer Formenvielfalt und Sanftheit. Ich gehe weit, sehr weit in meinen Erinnerungen zurück. Ich skizziere das kleine Haus am Meer mit seinen blätternden weissen Fensterläden, die sich nur schwer schliessen lassen. Mama schreit, Eidechsen oder Verrückte könnten in unser Schlafzimmer eindringen. Papa schüttelt den Kopf, dann blockiert er die Läden aber doch mit einem Eisendraht. Das Meer erscheint uns plötzlich sehr viel weiter entfernt. Wir hören nur noch ein undeutliches Echogrollen. Beängstigend, dieses Echo. Meine kleine Schwester und ich stellen uns vor, dass seltsame Kreaturen das Meer bevölkern, die darüber diskutieren, wie sie uns am besten in die Tiefe ziehen. Wir machen uns gegenseitig Angst. Zum Spass.

Jahre später erzähle ich den Franzosen diese Kindergeschichten. Ich gehe zurück bis zu diesem kleinen

Haus am Meer, und ich weiss, es steht immer noch da, selbst wenn ich nie wieder dort gewesen bin, denn seither sind in Algerien so viele Dinge passiert. Das sage ich den Franzosen aber nicht. Man kann Fremden nicht alles erzählen. Ich spinne weiter meine Träume. Ich entführe sie in Gegenden, in die sie in Wahrheit nie kommen werden.

Das Meer umspült einen seltsamen kleinen Berg, wo man jeden Donnerstag einen Greis mit orangefarbenem Turban antrifft, der ein klapperdürres Dromedar dabeihat. Dreissig Dinar kostet der Ausflug in die Berge auf dem Rücken des Dromedars. Der alte Mann ist heute nicht mehr da, da bin ich mir ganz sicher. Gestalten wie er sind verschwunden.

Die weisse Stadt, das kleine Haus, das Meer, der Berg, der alte Mann, das Dromedar. Die Sonne sticht heftig, vor allem am ersten Tag. Meine Mutter ruft, wir sollten uns den Rücken mit Olivenöl einreiben, sonst bekämen wir einen Sonnenbrand. Papa zuckt die Achseln und erlaubt uns, an den Strand zu gehen. Wir laufen wie die Wilden, meine kleine Schwester und ich. Manchmal ist auch Amina mit dabei, und auch sie läuft wie eine Wilde. Wir baden. Wir schlucken Wasser. Das Salz hinterlässt lange weissliche Spuren auf unserer Haut. Unsere Haare schimmern heller, und wir kichern erregt, hui, jetzt sind wir ja blond. Verschleierte Frauen und Frauen im Bikini schwimmen gemeinsam. Wir sehen ihnen zu. Ersteren, weil das Wasser ihre Gewänder schwerer macht und sie im Sand zu versinken scheinen. Letzteren, weil sie uns faszinieren. Wir stecken die Hände in unsere Badeanzüge und ballen die Fäuste, um unsere Kinderbrüste grösser erscheinen zu lassen.

Attraktive junge Mädchen lachen hell auf hinter ihren Sonnenbrillen. Sie blättern in Hochglanzmagazinen. Bunte Schmetterlinge. Seidenglatte, schimmernde Druckseiten: *Schliesst eure Augen, und ihr seid im Paradies.*

In Wahrheit dürfen wir den Ausflug auf dem Dromedar gar nicht mitmachen, doch ich flunkere meinen Kollegen etwas vor, beschreibe ihnen den Ausritt am Meer. Ich füge einen Hauch Poesie hinzu, obwohl das gar nicht nötig wäre. Der Sonnenuntergang für sich allein genügt. Meine Kollegen sind gerührt. Sie bedauern, Algier, die weisse, die ewige, die absolute Stadt, Camus' Algier, nie kennengelernt zu haben. Ich schweige. Ich erzähle nichts davon, dass wir die weissen Salzspuren lange am Körper behalten werden, weil aus den Hähnen des kleinen Hauses am Meer meist kein Wasser kommt. Ich übergehe Mama, die um zwei Uhr morgens schreit: *Das Wasser ist da! Das Wasser ist da! Ich höre, wie die Nachbarn ihre Behälter auffüllen. Das Wasser kommt. Wir müssen die Mädchen wecken.* Meine Eltern füllen alle Gefässe, Flaschen, Töpfe und Kanister und werfen uns fast noch im Tiefschlaf unter die Dusche. Wir sind benommen.

Die Franzosen brauchen schliesslich nicht alles zu wissen.

Clothilde schmollt mit mir. Zwei Tage lang hat sie mich morgens auf dem kleinen Platz vergeblich erwartet. Sie begreift nicht, was los ist. Dabei habe ich alles erzählt. Die kleine Schwester, die Verlobung, die Anrufe meiner Mutter, die Erinnerungen an meinen Vater. Ich habe alles erzählt, aber sie ist böse auf mich. Ich habe ihr Steine und Kaffee gebracht, aber Clothilde erwartet anderes von mir.

Sic will, dass ich mich freue.

An dem Tag, an dem ich den Vertrag unterschrieb, der mich fortan fünf Tage pro Woche an diesen kleinen Verlag ketten sollte, empfand ich eine Mischung aus Freude und Furcht. So ähnlich, wie wenn man einen Milchzahn verliert. Die Freude über die Münze unter dem Kopfkissen wich der Trauer über den Verlust eines Teils von mir, der Trauer über die Konfrontation mit der Zeit, die verfliesst, während man selbst sich verändert, grösser wird.

Meiner kleinen Schwester dagegen war der Verlust ihrer Milchzähne egal. Wenn einer zu wackeln anfing, wickelte sie ein Stück Garn darum, band das andere Ende an der Klinke ihrer Zimmertür fest und knallte sie dann zu. Ihr machte es nichts aus, Milchzähne zu verlieren, Blut im Mund zu haben, zu leiden. Das alles, um zu zeigen, dass sie schon gross war.

Gross sein. Zähne fürs Leben haben. Gross sein. Während des Ramadans fasten dürfen. Gross sein. Heiraten und Kinder bekommen, die doch nie lange genug Kind bleiben würden. Gross sein. Nicht mehr die Monate, sondern die Jahre zählen. Gross sein. Nicht mehr nur träumen.

Lasst uns klein bleiben. Lasst die roten Ameisen wieder über meine Schulter krabbeln, lasst uns wieder unsere Buntstifte hervorholen und unsere harten Betten sich wieder in Paläste verwandeln.

Abends zurrte meine Mutter die Decke um uns derart fest, dass wir uns nicht mehr rühren konnten. Sie hatte Angst, wir könnten mitten in der Nacht aufstehen. Wir hatten unsere Zeichnungen an die Wand unseres Zimmers geklebt. Das Papier, von schlechter Qualität, war schnell vergilbt und wellte sich so, dass die Bilder aussahen wie ausgegrabene Schätze. Hier ein Regenbogen. Dort ein windschiefes Haus. Ein glückliches Paar, schon leicht verblasst. Unser Fenster ging auf den Innenhof hinaus. Die Katzen machten einander unsere mageren Abfälle streitig. Ein paar Jugendliche rollten sich Zigaretten, die sie hastig verschwinden liessen, wenn ihre Mütter des Weges kamen. Bäume standen rings ums Haus. Hauptsächlich Pinien. Ein intensiver Duft entströmte ihnen. Amina und ich sammelten immer die Zapfen ein, um sie ohne Wissen unserer Eltern zu grillen und dann die Kerne zu knabbern. Wir mussten erst ein wildes Feuer entfachen, bevor wir die halbverkohlten Kerne hinunterschlangen. Danach sausten wir schnell nach Hause. Und machten es uns vor dem alten Fernseher bequem, um einen

Trickfilm anzusehen, *Das Geheimnis von Daddy Langbein.* Alle Mädchen aus unserer Schule taten dasselbe. Wir träumten davon, Jerusha Abbott zu sein, dieses pfiffige Waisenmädchen, das einem grosszügigen Mäzen Briefe schrieb.

Eines Abends gestand ich meinen Eltern, dass ich auch gern einen Wohltäter mit langen Beinen hätte, der mir Seidenstrümpfe und Liebesromane schenkte.

Ich handelte mir eine Ohrfeige ein.

Der Fernseher im Haus trennt und vereint uns zugleich. Er verwandelt uns in schlaffes Gemüse, das fasziniert vor den ausländischen Filmen hängt, die im staatlichen algerischen Programm laufen, wobei sämtliche Liebes- und Sexszenen von der Zensur weggeschnitten sind.

Ende der neunziger Jahre hatte ein Produzent die Idee, eine mexikanische Serie mit dreihundert Folgen einzukaufen und sie arabisch synchronisieren zu lassen. Um sechs Uhr abends stürzten Frauen und Männer nach Hause, um nur ja nichts von den Abenteuern der Heldin zu versäumen, einer üppigen Brünetten mit glutvollem Blick, die die Rolle eines tüchtigen Mädchens spielte, das aus einfachen Verhältnissen stammte und in einen Millionär verliebt war. Mein Vater tat so, als würde er Zeitung lesen. Aber ich sah, wie er zeitgleich mit uns hochfuhr, bibberte oder in Wallung geriet. Die letzte Folge versetzte das ganze Land in

Aufruhr. Die Schlussszene, die die Heldin endlich mit ihrem Liebhaber vereinte, spielte in einem Schlafzimmer mit gedämpftem Licht. Während dreier langer Minuten passierte nichts. Der Bildschirm war schwarz und stumm. Millionen von Algeriern malten sich die schlüpfrigsten Szenen aus. Die Strassen draussen lagen verlassen da. Uns stockte der Atem. Wir schwitzten. Wir wagten nicht, uns anzusehen. Und dann kam der Abspann. Es war überhaupt nichts passiert, und doch redeten am nächsten Tag alle nur von dieser einen aussergewöhnlichen Szene. Wir wunderten uns, dass es keine Zensur gegeben hatte. Optimistische Journalisten erblickten darin gar den Beginn einer neuen Ära.

Ein schwarzer Bildschirm.

»Hier ist deine Mutter.«

»Mama, deine Nummer wird angezeigt, weisst du ...«

»Bist du schon zu Hause?«

»Noch nicht ...«

»Du bist noch auf der Arbeit? Du arbeitest zu viel. Die Franzosen machen nie eine Pause. Sie rennen in der Metro, sie rennen zur Arbeit, sie rennen durch die Supermärkte, sie rennen mit ihren Kindern. Sie sind anstrengend. Du wärst hier viel besser aufgehoben. Ich begreife nicht, was du in dieser Stadt tust.«

»Was willst du, Mama?«

»Nichts. Ich hab nur angerufen, um zu hören, wie es dir geht.«

»Alles gut. Und bei dir?«

»Es geht ... Ich habe Kopfschmerzen. Und mir ist langweilig, weisst du. Man kann hier nichts machen.«

»Geh ein bisschen aus.«

»Wohin soll ich denn gehen?«

»Mama, wir müssen Schluss machen, ich habe gleich eine Sitzung.«

»Aber du kommst doch zum Monatsende?«

»Ja, natürlich!«

»Und wirst du lange bleiben?«

»Weiss ich noch nicht …«

»Bleib einen Monat!«

»Ich kann nicht, ich hab hier eine Arbeit …«

»Die Arbeit, die Arbeit!«

»Ich habe eine Sitzung, ich muss Schluss machen.«

»Gut, dann ruf ich jetzt deine Schwester an. Sie ist zur Anprobe bei der Schneiderin.«

»Mama! Meine Sitzung …«

»Jaja, ich leg ja schon auf.«

Mein Büro ist vollständig verglast und mit viel Geschmack dekoriert, dem eines Raumausstatters, nicht dem meinen, denn der ist nicht sehr ausgeprägt. Es ist lichtdurchflutet, wenn die Sonne scheint, grau, wenn es regnet, und in Toilettennähe, wenn es mal wieder pressiert.

Françoise, unsere Assistentin, kleidet sich ohne viel Geschmack, hat schlechte Laune, wenn die Sonne scheint, blickt grämlich, wenn es regnet, und verbringt lange Viertelstunden auf der Toilette, wenn es in der Kantine mal wieder Ragout gegeben hat. Sie arbeitet für den Herausgeber, und wir waren uns auf Anhieb unsympathisch.

Ich bin Bilderjägerin. Die Journalisten, die als Freelancer für uns tätig sind, schicken mir ihre Bestellungen. Ich suche dann das dazu passende Bild heraus, eines, das ihrem Text Leben verleiht. Ich nehme Kontakt mit der Agentur auf, die das Material im Angebot hat, und handele die Lizenzgebühren aus. Oft brennt es den Journalisten und Computergrafikern schon unter den Nägeln, und ich muss mich beeilen, damit die Teams, die auf mich setzen, keine kostbare Zeit verlieren. Tausende von Kindern warten jeden Monat aufs Neue auf ihre Zeitschrift. Man kann sie doch nicht enttäuschen. Wenn sie ihre Zeitschrift lesen, essen sie gleichzeitig ihre Frühstücksflocken. Ohne die Zeitschrift werden sie am Ende keine Frühstücksflocken mehr mögen. Dann wäre ich noch schuld, wenn der Frühstücksflocken- und der Milchmarkt irgendwann einbrechen.

Manchmal bekomme ich präzise Vorgaben, wie zum Beispiel ein Foto mit einer vollreifen Orange zu suchen, auf deren Schale noch ein paar Tropfen Wasser stehen. Oder eine pausbäckige Chinesin im traditionellen roten Gewand. Dann wieder lässt man mir freie Hand, mehr, als mir lieb ist. Man sagt mir: *Besorg uns etwas, das ein bisschen beige-grau ist, etwas, das wie eine seimige Wolke aussieht.* Man verkompliziert, was ganz einfach sein könnte. Wenn man etwas will, das wie eine seimige Wolke aussieht, dann nimmt man eine seimige Wolke!

Die Woche vor dem Redaktionsschluss ist die ärgste von allen. Alles Mögliche kann noch passieren. Die Verantwortlichen ändern ihre Meinung und beauftragen mich in letzter Minute, ein neues Bild zu suchen. Wir haben eine Sitzung nach der anderen und streiten uns immerzu. Wir konsumieren literweise Kaffee und waschen uns weniger als sonst. Wir sind am Ende unserer Nerven und geraten uns wegen nichts und wieder nichts in die Haare.

Unsere Herausgeber wollen die soziale Entwicklung der Kinder steuern, damit aus ihnen einmal verantwortungsbewusste Erwachsene werden, die der Gesellschaft nützen. Deshalb wollen sie, dass jede Nummer optimal ausfällt und ihre Philosophie illustriert: eine Welt, in der Kinder gleichbedeutend sind mit Sanftmut und Glück.

Wir dagegen wollen weiter nichts, als dass diese irre Woche endlich zu Ende geht, und so schnell wie möglich in unsere winzigen Wohnungen zurück, um bei einer Realityshow oder einer Fussballübertragung Pasta mit Crème fraîche in uns hineinzuschaufeln.

Wenn die Zeitschrift gedruckt und in alle Winkel Frankreichs verschickt ist, dann erst entspannen wir uns und werden wieder zu den besten Freunden der Welt.

Abgesehen von dieser berüchtigten Woche vor dem Redaktionsschluss ist mein Berufsleben ein langer ruhiger Fluss. Dabei verbringe ich zehn Stunden am Tag im Büro. Es bringt zwar nichts, aber in Frankreich muss man den Eindruck vermitteln, man würde enorm viel arbeiten und mit allem ständig im Rückstand sein. Ich verbringe durchschnittlich zwei Stunden am Tag damit, Liebesromane zu lesen. Mein schönes vollverglastes Büro darf nur dann leer stehen, wenn ich dusche oder schlafe. Wegen der Krise, der gesunden Konkurrenz, der Ausländer, die den anderen die Arbeit wegnehmen wollen, und eben all dem.

Zum Glück gibt es Françoise, die zwar furchtbar ist, aber von bemerkenswerter Effizienz und als Expertin für die Beschaffung von Büromaterial von allen hochgeschätzt.

Wenn ich nach der Arbeit weiter nichts vorhabe, unterhalte ich mich ganz bewusst noch mit ihr, um sicherzustellen, dass ich im Lauf des Tages wenigstens mit einem Menschen geredet habe. Da ich allein lebe, habe ich Angst, am Ende gar nicht mehr mit den anderen kommunizieren zu können, und so trainiere ich zumindest mein Sozialverhalten. In Paris lungern weder dürre Katzen noch zigarettenrollende Jugendliche unter meinem Fenster herum. Sogar Pinien sind nicht so leicht zu finden. Françoise ist meine Verbindung zur Aussenwelt, wenn meine Einsamkeit mir Angst macht.

Sie lehnt es ab, mich zu duzen.

Meine Mutter behauptet, sie tue das, weil sie Rassistin sei.

Gestern habe ich den ganzen Abend über darauf gewartet, dass Amina online geht, um ihr anzukündigen, dass ich bald nach Algier komme. Ich bin mit hängender Zunge über meiner Tastatur eingeschlafen. Heute früh ist es mir dann wieder eingefallen, dass Amina auf der Hochzeit einer Cousine war.

Mit achtzehn habe ich auf Drängen von Amina, die ein Jahr jünger ist als ich, versucht, den Führerschein zu machen. Wir hatten keine Lust mehr auf den COUS, diese orangefarbenen Busse, die speziell für den Transport von Studenten eingesetzt wurden. In irgendeiner Tageszeitung hatten wir gelesen, dass sie einem Minister gehörten, dem man gehörig die Taschen füllte, wenn man ihre Dienste in Anspruch nahm. Wir fühlten uns verraten. Ausserdem, und das war der eigentliche Grund, waren diese Busse voll mit zanksüchtigen alten Weibern und Arbeitslosen mit unruhigen Händen, die alle gratis mitfahren durften. An manchen Vormittagen waren die Busse dermassen überfüllt, dass die Männer das schamlos ausnutzten, um sich an die jungen Mädchen heranzumachen und sich an ihnen zu reiben. Von einigen wurden sie dann angeschnauzt, aber die meisten reagierten überhaupt nicht, liefen puterrot an und fühlten sich furchtbar gedemütigt. Ehefrauen mit Einkaufskörben zwischen den Füssen sassen dicht gedrängt nebeneinander und warfen den Studentinnen mit ihren blanken Schultern tödliche Blicke zu.

Sie gackern, kichern und beglückwünschen einander. Sie ziehen ihre kneifenden Stöckelschuhe aus, um ihre vom Staub geschwärzten Zehen an die frische Luft zu lassen. Sie machen es sich gemütlich. Ganz wie die Schaf- oder Kuhherde sind sie hier im ureigenen Revier. Wir verübeln es diesen Männern und Frauen, dass sie für uns ein farbloses, emotionsloses, freudloses Leben vorgesehen haben.

Eines Nachmittags bin ich zu einer Fahrschule gegangen, um mich anzumelden und zu versuchen, diesen befreienden Führerschein zu machen. Der Verantwortliche, ein Mittdreissiger, empfing mich in seinem Büro. Er erklärte mir, dass er selbst kein Überflieger sei, und wenn es ihm gelungen sei, alle Prüfungen zu bestehen, dann schaffte ich das bestimmt auch. Er versicherte mir, dass ich keine Angst haben oder mich durch ihn nicht eingeschüchtert fühlen müsse. Das war ohnehin nicht der Fall. Es gab auch keinen Grund dafür. Er war ein junger Mann, wie man sie überall in Algerien findet: mit sehnigem Körper und drahtigem Kraushaar, gelblichen Zähnen, Klamotten vom Flohmarkt und einem Foto seiner Mutter als Bildschirmschoner.

Ich versprach, am nächsten Tag mit den erforderlichen Dokumenten vorbeizukommen, und habe dann doch weiterhin den Bus genommen. Dem Ganzen fehlte die Magie. Ich war gross geworden. Meine Milchzähne hatten mich im Stich gelassen, diese kleinen Feiglinge, aber ich erhoffte mir noch Schönes, Bewegendes, Träume vom Leben.

Beim Wort »Fahrschule« sah ich einen Schwarzweissfilm vor mir, einen Mini Cooper, eine abendliche Spritztour zum Hafen von Algier. Ich hielt im Dämmerlicht an, um einen jungen Tramper einsteigen zu lassen, der auf Weltreise war und den ein unglaublicher Zufall nach Algier geführt hatte. Auf Aminas Einwand, dass Reisende, grosse wie kleine, immer nur nach Tunesien und Marokko gingen, aber doch nie nach Algerien, gab ich nichts. Das war mir egal! Man sollte mich träumen lassen! Ich wollte starke Gefühle! Nicht das Foto einer Mutti, und sei sie noch so hübsch, als Bildschirmschoner.

Mach mir bloss keine Schande!, beschwor mich meine kleine Schwester am Telefon. Noch knapp drei Wochen bis zur Verlobung, und sie scheint nur noch ein einziges Nervenbündel zu sein.

Ich rufe meine Freundin Caroline an, die mit ihrem Freund zusammenwohnt und jedem erzählt, wie ungeheuer glücklich sie ist. Ich erzähle ihr von meinem Tag, von der ständigen Angst, in der ich bei meinen Bildrecherchen schwebe, und davon, wie gemein meine kleine Schwester zu mir ist. Meine eigentlichen Ängste aber verschweige ich. Ich bin die Letzte, die es an die grosse Glocke hängen würde, dass sie Angst habe, allein zu enden. Manchmal ertappe ich mich dabei, dass ich völlig Fremde auf der Strasse anlächele, mit gespielter Gelassenheit und aufgesetzter Heiterkeit, damit kein Mensch errät, dass mein Magen kurz vor dem Kentern ist.

Caroline hört mir aufmerksam zu und ergreift Partei für meine kleine Schwester. Eine Hochzeit beinhalte unendlich viele Dinge, an die man denken müsse.

Meine kleine Schwester habe sicherlich nicht besonders viel Takt, aber man müsse es ihr nachsehen und ihr helfen, den grossen Augenblick vorzubereiten.

Ich gönne mir zur Entspannung eine Pediküre. Caroline hat mir eine preiswerte Adresse genannt. Frauen, die zu zweit durchs Leben gehen, wissen immer, wohin. Ich habe den Eindruck, in einen immensen Cupcake oder die Vagina einer Fee einzutauchen. Überall zartrosa Möbel, blaue Pailletten und ein süssliches Raumspray.

Sechs Frauen sitzen in grossen rosa Sesseln, während zierliche Chinesinnen ihnen energisch die Füsse durchwalken.

Frau 1: Künstlich gekräuseltes Haar. Knallroter Froschmund. Enormer Busen. Breite Schenkel. Gereizt tippt sie auf ihrem winzigen Handy herum. Ring am linken Ringfinger.

Frau 2: Blond. Rehaugen: gross und unschuldig. Platt wie ein Bügelbrett. Ring am linken Ringfinger.

Frau 3: Kurzhaar. Lackierte eckige Fingernägel. Ihre Formen versuchen, durch jeden nur denkbaren Spalt zu entweichen: Dekolleté, Bauch, Rücken, Waden, Arme, Hals. Stolz präsentiert sich ihr weisses Fleisch. Ringe an jedem Finger.

Frau 4: Sitzt neben mir, riecht schlecht. Riecht aus sämtlichen Körperöffnungen. Ihr Haar ist lang und verfilzt. Ring am linken Ringfinger.

Frau 5: Ähnelt meinem ehemaligen Mathematiklehrer vom Collège, nur ohne Bart. Ring am linken Ringfinger.

Frau 6: Die Doppelgängerin von Françoise, nur viel jünger. Ich muss Françoise gelegentlich mal fragen, ob ihre Tochter auch hierher geht. Ring am linken Ringfinger.

Ich: Ringfinger leer.

Zu viele Frauen auf einen Haufen ohne einen einzigen Mann, das gibt viel Missgunst. Man muss nur freitags einmal in den Hammam gehen, um sich davon zu überzeugen. Die Frauen dort hecheln die gesamte Nachbarschaft durch und lassen weder Säuglinge noch die ganz Alten aus, die mit einem Bein schon im Grab stehen.

Für meine Mutter ist das ein Quell fortwährender Sorge. Sie fürchtet, die bösen Geister der Nachbarinnen und falschen Freundinnen könnten der Ursprung all ihres Unglücks sein. Ihre Mutter hatte ihr erzählt, dass verheiratete Frauen durch ihre Ehemänner vor dem bösen Blick geschützt seien. Nach all den Jahren, die mein Vater nun tot ist, und obschon Algier doch von einer Tragödie nach der anderen geschüttelt wurde, hat sie noch immer Angst vor Gerüchten.

Meine Mutter ist labil. Ihre Angst beherrscht sie, hat sich festgekrallt in ihren Eingeweiden. Weckt sie mitten in der Nacht. Sie hat es nie geschafft, diese

Angst zu vertreiben. Sie wähnt sich von Schlangen umzingelt, die in den finstersten Winkeln des Hauses lauern. Sieht Spinnen über ihrem Kopf. Sie versucht aufzuzeichnen, was sie verspürt. Sie zieht Spiralen mit zittrigen Konturen. Sie selbst in der Mitte eingeklemmt, im Schweigen. Meine kleine Schwester bemerkt, dass zitternde Konturen doch leicht zu zerbrechen seien. Meine Mutter zieht mit dickem Stift die Linien nach. Sie will gar nicht aus dem Verlies ihrer Angst heraus. Sie sagt, wir verstünden das nicht. Und sie hat recht. Sie schnieft, weil unser Vater nicht mehr lebt. Dieser Kreis, in dem sie ertrinkt, ist wie ein endloses Drama. »Ich weiss nicht, wie ich die verlorenen Dinge wiederfinden soll«, sagt sie uns.

Während meine Kosmetikerin mir die Hornhaut von den Fusssohlen schabt, werfe ich verstohlene Blicke zu den anderen Frauen, um *das Mysterium der verheirateten Frau* zu ergründen. Es fühlt sich so an, als stünde mir mein Junggesellinnenstatus auf der Stirn geschrieben.

Bei der Hochzeit einer Cousine im letzten Sommer hatten mich manche Mädchen mit abschätzigen Blicken taxiert, während sie hinter ihren Fächern heimlich tuschelten. Voll Neid beobachtete ich alle, die erst kürzlich geheiratet hatten und ihr Leben als absolut fabelhaft beschrieben. Voll Neid und voller Verachtung. Ich hatte ja Paris.

Eine von ihnen, eine hängebusige Giftnatter, hatte gezischelt, keine echte Frau würde die Verschmutzung einer Grossstadt den Armen eines Mannes vorziehen. Und alle lachten sie dieses unerträgliche dumme Lachen der verheirateten Frauen. Sie hatte hinzugefügt, dass ich mir Mühe geben müsse und es ohnehin bald zu spät sei, denn Männer mögen keine Frauen, die allein leben. Oder solche, die keinen Busen haben. Was bei mir der Fall ist.

Ich habe mir auf die Lippen gebissen und bewundernd zu den Tänzerinnen hinübergesehen. Wenn sie die Köpfe nach hinten neigten, wischten ihre langen Haare über das gebohnerte Parkett. Hübsch anzusehen war es ja, aber ich an ihrer Stelle hätte Angst gehabt, mir Läuse einzufangen.

Ich hatte Kuchen ohne Ende in mich hineingestopft, damit wirklich jede es merkte, dass ich essen konnte, was ich wollte, ohne dicker zu werden, während diese Mädchen hier bald aus der menschlichen Spezies ausscheren würden, um in die wenig schmeichelhafte der fetten Kühe hinüberzuwechseln.

Armeen sollten eigentlich nur aus Frauen bestehen. Dann wären sämtliche Schlachten, Revolutionen und Kriege um einiges epischer, blutiger und brutaler als bisher.

Auf dem Heimweg im Nieselregen mache ich halt beim algerischen Eisverkäufer in der Rue des Martyrs. Einmal Vanilleeiscreme. Schmeckt genauso wie die, die mein Vater mir immer am Freitagabend spendierte. Ich schlecke daran, und mir ist, als würde ich ein Stück von meiner Kindheit lutschen.

Clothilde möchte wissen, wann der Termin für meinen Flug nach Algier ist, aber sie hat überhaupt kein Zeitgefühl. Jeden Tag glaubt sie, am nächsten Tag sei es so weit. Ich antworte wieder und wieder: »Noch nicht.«

Sie fragt: »Wo sind eigentlich deine leuchtenden Augen geblieben?«

Und ich erkläre es ihr. Erzähle ihr von Algerien und den algerischen Frauen. Den Träumen von der Hochzeit. Den Feministinnen, den Karrieristinnen, den Schönen und den Reichen. Fast alle haben sie den Kampf aufgesteckt. Wollen einen Mann, Lebensgenuss, einen Status. Und haben Angst vor ebendiesen Männern. Clothilde fragt: »Und die Waisenmädchen?«

Ich denke nach, aber sogar die Waisenmädchen, die keine Mutter haben, die ihnen ständig mit ihrem *Wann wirst du endlich heiraten?* in den Ohren liegt, tapsen auf Dauersuche nach einem Ring durch ihre Singlewelt.

Schuld an diesem Zustand sind viele: die Gesellschaft im Grossen und Ganzen, allen voran aber deren männlicher Part und garantiert auch die Brautkleiddesigner und Festsaalvermieter. Letztere sind Teil einer gewaltigen, von der algerischen Regierung inszenierten Manipulation. Wir alle glauben fest daran, auch wenn der Präsident den Ausländern den Schwarzen Peter zuschiebt.

Samstag für Samstag und mitunter auch an anderen Tagen bin ich mit meinen Freundinnen durch die Rue Didouche Mourad gezogen, wo wir Ausschau nach einem passenden Ehemann hielten wie andere nach Schuhen. Ich hatte klare Vorstellungen: weder dick noch glatzköpfig, keiner mit Vollbart, aber auch kein Milchgesicht. Er sollte keinen Goldzahn und nicht mehr als drei Schwestern haben, vor allem aber durfte er nicht Mamas Liebling sein. Letzteres ist elementar: Algerische Männer lieben ihre Mutter so sehr, dass sie fürchten, sie könnten sie mit ihrer Frau betrügen. Meine Freundinnen lachten, probierten zu kleine und zu grosse Männer aus und versuchten, sich zu überzeugen, dass es so schlimm doch nicht sei, wenn das Äussere nicht so gut harmoniere. Schliesslich passiere es ja regelmässig, dass wir zu grosse Kleider kauften, die wir dann bei der russischen Schneiderin im Viertel umändern liessen. Mit den Männern verhalte es sich genauso, versicherten sie mir, man könne sie umändern und anpassen lassen. Sie opferten viel von ihrer freien und auch weniger freien Zeit, denn selbst die Philosophie- und Geschichtsvorlesungen dienten diesem

Zweck: durch die Strassen von Algier zu flanieren. In Paris flanieren die Frauen durch die Bars. Auf beiden Seiten des Mittelmeers gehen Frauen auf gleiche Art vor, wenn sie hoffen, den Mann ihres Lebens zu finden: mit entschlossener Verzweiflung, machiavellistischem Kalkül und einem Hauch Naivität.

Viele haben ihn gefunden. Manche ganz mühelos. Ich bin fest davon überzeugt, dass die Töchter der Generäle, Minister und Botschafter allesamt einen Mann haben, den ihre Eltern schon vor langer Zeit für sie zur Seite getan und reserviert haben. Sie können ihre Suche viel unbeschwerter angehen, wohl wissend, sollten sie selbst nicht fündig werden, könnten sie immer noch auf diesen Reservemann zurückgreifen.

Das ist doch zutiefst ungerecht.

Immer wenn Wahlen anstanden, begab meine Grossmutter sich ins Wahlbüro, um ihrer staatsbürgerlichen Pflicht nachzukommen. Die Gemeinderatswahlen, die Präsidentschaftswahlen, die Referenden … Sobald das Volk an die Urnen gerufen wurde, legte sie Personalausweis und Wahlbenachrichtigung bereit, schlüpfte in ihr schönstes Kleid und verbarg ihr langes gefärbtes Haar sorgsam unter einem Kopftuch, dann klingelte sie bei Freundinnen und Nachbarinnen, und alle zusammen gingen sie wählen. Sie fand es grossartig. Und wenn ich mich unglücklicherweise zu der Bemerkung verstieg, ihre Stimme wandere doch nur auf direktem Weg in die Tonne, war sie ganz traurig und regte sich auf. *Wählen, Auto fahren, Arbeiten, Reisen, Anzeige erstatten … das alles sind Rechte, die die Frauen heutzutage haben,* entgegnete sie mir und freute sich darüber. *Wir hatten nichts als die Heirat, und das war's!*

Wir haben das alles und die Heirat obendrein. Das Recht, Single zu bleiben, haben wir nicht … Bei der Vorstellung, ich könnte meinen dreissigsten Geburtstag am Ende noch ohne Ring am linken Ringfinger begehen, sträuben sich mir die Haare. Sämtliche Schwestern meiner Mutter sind verheiratet: einige mit flatterhaften Schönlingen, andere mit braven, aber unansehnlichen Ehemännern. Aber egal. Eine Heirat verändert das ganze Leben. Meine Mutter hat für alte Jungfern nichts als Verachtung übrig. Und ich ehrlich gesagt auch. Ich stelle sie mir als Frauen mit leeren Körpern und ausdruckslosen Gesichtern vor. Sie sind nutzlos. Sie haben ihre Chance verpasst: Der letzte Kandidat war der Richtige, sie hätten ihn behalten sollen. Irgendein Ehemann im Bett ist immer noch besser als gar keiner.

Jetzt bist nur du noch übrig, hat Mama mich gewarnt.

Selbst meine kleine Schwester wird bald einen Ring am Finger haben. Und einen Mann, den sie das ganze Leben lang lieben kann. Jetzt bin nur ich noch übrig. Ich und Demoiselle Clothilde, auf ihrer Bank vorm Karussell.

An manchen Tagen erscheint mir mein linker Ringfinger viel dicker als jeder andere. Ich stelle mir vor, wie er mir in den Hals hineinrutscht und mir die Luft zum Atmen nimmt.

Wenn ich aufwache, benimmt mir der blosse Anblick dieses widerwärtigen linken Ringfingers die Luft.

Damals als Jugendliche brannte ich darauf, zu erfahren, wie meine Eltern sich kennengelernt hatten. Eine ganz gewöhnliche Begegnung, als sie zwanzig waren. Die Geschichte war dermassen ohne jede Poesie, ohne Sinnlichkeit oder Verlangen, dass es mir leidtat für sie. Ich habe lange nachgefragt und gebohrt wie ein Archäologe, um eine aussergewöhnlichere Geschichte zutage zu fördern als die, die meine Mutter mir, durchaus widerstrebend, anvertraut hatte. Hatten sie auch nur einmal einen Abend unter vier Augen verbracht? Hatte sie denn niemals Lust gehabt, auf Reisen zu gehen, Neues zu entdecken, zu tanzen, sich das Herz brechen zu lassen? Sie wunderte sich über meine Fragen, meine Hartnäckigkeit. Eines Tages oder besser Nachts, nach dem Tod meines Vaters, machte sie eine versteckte Andeutung, dass sie schon glücklich gewesen sei und jahrelang versucht habe, genau die Frau zu werden, die ihr Mann gern gehabt hätte. Und heute, da weiss sie gar nicht mehr, was für eine Frau sie überhaupt sein will.

Eine meiner Mitschülerinnen auf dem Gymnasium hatte eine Oberweite, die ihr die Bluse zu sprengen drohte, während ich damals noch nicht mal einen BH trug. Ich war verrückt vor Neid und hatte Mühe, meinen Blick von ihrem mächtigen Busen zu lösen. Zwischen zwei Unterrichtsstunden verriet sie mir eins ihrer Lebensprinzipien: »Oh, meine Kleine! Du kannst doch in Gegenwart eines Jungen kein Croissant verputzen. So wirst du niemals einen Ehemann finden!«

Sie erzählte mir, dass sie immer nur Grapefruitsaft bestelle, wenn sie sich mit einem Jungen treffe. Sie wollte unter den Blicken ihres Verehrers nichts essen, aus Angst, sich zu bekleckern. Es war so wichtig, sich als *junges Mädchen aus gutem Hause* zu zeigen. Sie erklärte mir auch, dass es besser sei, mit einem Jungen nicht zu intim zu werden, bevor man nicht mit ihm verheiratet sei, damit er unter der dicken Make-up-Schicht nicht die Pickel entdecke und auch nicht die Orangenhaut am Hintern. Man solle lächeln, sich nicht abknutschen lassen, aber trotzdem bereit sein, ein wenig Haut zu zeigen, vor allem wenn man das Glück habe, hellhäutig zu sein. Eine Beziehung zwischen Mann und Frau sei ohnehin nur denkbar, wenn am Ende die absolute Krönung stehe, sprich der Ehevertrag.

Ein *junges Mädchen aus gutem Hause,* so sagte sie mir, sei eines, das die von der Gesellschaft aufgestellten Regeln respektiere. Und die Gesellschaft, das war die Familie, das waren die Nachbarn, die Lehrer und Müllmänner, Bäcker, Kinder, Imame, Hausmeister, Journalisten, Taxifahrer und selbstredend auch der Staatspräsident.

Es gibt somit zwei Kategorien von Mädchen: die anständigen und die *anderen.*

Um festzustellen, ob ein Mädchen *anständig* ist oder nicht, genügt es, die Ohren zu spitzen, wenn sie lacht. Wenn es ein *Hahaha*-Lachen ist, gehört sie zu den *anderen.* Ist es dagegen ein *Hihihi*-Lachen, kann man beruhigt davon ausgehen, dass sie zum handverlesenen Klub der *anständigen* Mädchen gehört.

Die *anderen* sitzend rauchend in den Teesalons, tanzen mit wackelndem Popo auf Raï-Musik, schminken sich die Lippen knallrot, benutzen billiges Parfum, lieben Lederjacken und hautenge Jeans, feilen sich während der Arbeit die Fingernägel und gehen mit Männern aus, die wesentlich älter sind als sie selbst und sie am Telefon anschnauzen.

Ich war genau in der Mitte zwischen beiden. Zwar schnitt ich mir die Fingernägel, aber trotzdem lackierte ich sie. Zwar schwänzte ich nicht den Religionsunterricht, aber ich kannte keinen einzigen Koranvers auswendig und erreichte von zwanzig Punkten durchschnittlich bloss zwei. Und schliesslich, und das war wohl das Schlimmste, hörte ich gerne Raï-Musik. Ich war gerade zwölf, als der Raï unsere Strassen zu überfluten begann – zum grossen Leidwesen von Eltern und Lehrern.

Es war das Jahr 1997. Die algerische Regierung rief die Terroristen zu einer Waffenruhe auf. Ein Journalist titelte in einer Tageszeitung: *Hysterie und Entsetzen in Algier.* Dolly war das erste geklonte Säugetier. Frankreich gewann bei den Five Nations. Ein Raï-Sänger trat in Oran zum ersten Mal geschminkt und im ledernen Minirock auf und sang: *Aimer les filles ou les garçons, c'est aimer de toute façon.**

Es herrschte allgemeine Hysterie.

* Sinngemäss, ein wenig frecher als das Original übersetzt: »Liebst du Mädchen oder Jungs, Mann, das ist doch Dings wie Bums.« *(alle Anmerkungen von der Übersetzerin)*

Merke: Ein junges Mädchen aus gutem Hause trinkt Grapefruitsaft und lacht ein *Hihihi*-Lachen.

Mein letzter Anlauf zu einer Liebesgeschichte hatte gar nicht mal so schlecht begonnen. Er hiess Yacine und war Buchhalter, Caroline hatte ihn mir vorgestellt. Ein Franzose mit algerischen Wurzeln, sehr gross, sehr mager und rothaarig. Wir hatten uns auf seinen Wunsch hin in einem Restaurant in der Avenue des Ternes getroffen. Er hatte für uns beide Fisch bestellt. Er ähnelte Boule aus *Boule & Bill,* nur dass er ein erwachsener Boule war, ohne diesen dämlichen Hund, der ständig um ihn herumstrich. Sein grösster Traum war es, in New York zu leben und Massanzüge zu tragen.

Von meinem Platz aus konnte ich nach draussen sehen, durch die kühle Scheibe des Restaurants hindurch. Die Nacht war tiefschwarz, eine Winternacht, keine Herbstnacht. Es war hell im Restaurant, Yacine redete viel, was mir Zeit liess, ihn zu beobachten. Ich könnte die kleinste Naht an seinem grauen Hemd beschreiben, die Anzahl der Streifen, die Form der Knöpfe.

Nach dem Essen fragte er mich, ob es mir lieb wäre, wenn er mich nach Hause brächte. Ich lehnte höflich ab, denn anscheinend soll man in kein Auto steigen, mit dessen Fahrer man nicht mindestens dreimal verabredet war. Er wünschte mir also gute Nacht. Ich dankte ihm und ging dann heim, ohne so recht zu wissen, was während des Abendessens eigentlich passiert war.

In den Wochen danach habe ich auf Yacines Anruf gewartet. Aber er hat sich nicht gemeldet.

»Hier spricht deine Mutter.«

»Ich weiss!«

»Ich höre Geräusche, bist du in der Metro?«

»Ja, ich bin auf dem Weg zur Polizeipräfektur, um meine Aufenthaltserlaubnis zu erneuern.«

»Du wärst hier so viel besser aufgehoben, hier bist du zu Hause …«

»Ich kann dich kaum verstehen, Mama …«

»Gut, gut, ich leg ja schon auf.«

Eine schlechte Note in einem Schulaufsatz war der Auslöser dafür gewesen, dass ich schon mit neun Jahren erwogen hatte, später einmal nach Paris zu gehen.

Zu Beginn jedes Schuljahres stürzte ich mich gleich am ersten Tag auf sämtliche Lesebücher und konnte es kaum erwarten, die neuen Texte zu entdecken. Wenn meine Mutter abends zu mir ans Bett trat, mir einen Gutenachtkuss auf die Stirn drückte und die Decke bis unters Kinn hochzog, tat ich immer so, als sei ich furchtbar müde, aber kaum hatte sie das Licht gelöscht und die Tür geschlossen, knipste ich meine kleine Taschenlampe an, um die unterbrochene Lektüre fortzusetzen. Und nie wieder habe ich eine Geschichte mit solchem Genuss gelesen wie damals im Bett, wo ich die Wörter im fahlen Lichtschein mühevoll entziffern musste.

Bei gutem Licht zu lesen, zum Beispiel im Klassenzimmer, wo es ja erlaubt war, das kam mir immer wie eine halbe Sache vor.

Unsere Lehrpläne waren dieselben seit dreissig Jahren. Die UdSSR existierte nicht mehr, aber in unseren Geschichtsbüchern kam der Fall der Berliner Mauer nicht vor. Man bat uns, das so hinzunehmen. Es gab Schlimmeres: Die Fenster waren eingeschlagen; die Kanalisation war nicht dicht, und das Abwasser überschwemmte die gefliesten Fussböden unserer Klassenräume; die Lehrer hatten von der Kreide weissverfärbte Hände; die Schulbücher waren Fotokopien von Fotokopien. Manche Schüler beschwerten sich. Man gab ihnen zur Antwort, das bringe nichts, man sei nicht in Paris! Es waren dieselben Schüler, die sich vor der Tafel aufbauten, um sich zum Klassensprecher wählen zu lassen. Unsere Lehrer schickten die Listen mit den Namen der Kandidaten ganz sicher ans Kommissariat. Eine Klassensprecherwahl war kompromittierender als jede Befragung der Nachbarschaft.

Es war besser, nicht allzu sehr aufzufallen. Die schlechten Schüler waren beliebt. Doch die Klassenbesten wurden misstrauisch beäugt. Gute Schüler wussten einfach zu viel, das provozierte. Sie lieferten ihre Hausarbeiten einen Tag vor dem Abgabetermin ab. Die Lehrer verstanden das nicht. Man musste sich doch an Regeln halten, sonst geriet alles in Unordnung.

Auf dem Gymnasium nahm eine Französischlehrerin mit uns den Dadaismus durch. In einem der

Texte hiess es: *Mein Arsch! Dein Arsch! Sein Arsch!* Unsere Lehrerin weigerte sich, die Worte auszusprechen, entschuldigte sich, erklärte, dass ihre Religion ihr das nicht erlaube, fragte, ob jemand anderer das für sie übernehmen könne. Die ganze Klasse brüllte im Chor: »Mein Arsch! Dein Arsch! Sein Arsch!«

Es war wunderbar. Der Gong ertönte, und unsere Lehrerin lief in Tränen aufgelöst auf den Gang hinaus. Fröhlich rannten wir zu den anderen auf den Schulhof, um die Nationalhymne zu singen und zuzusehen, wie die algerische Flagge langsam eingeholt wurde. Einige Mädchen gingen sich beim Direktor beschweren. Sie weinten, schockiert von dem, was passiert war.

Bevor ich Algier verlassen habe, bin ich meine ganzen alten Schulsachen durchgegangen und auf diesen berüchtigten Aufsatz gestossen, den ich damals als Neunjährige verzapft hatte.

In den Schulbüchern treffen wir folgende Personen an:

Die Mutter: eine Frau von siebenundvierzig Jahren. Sie trägt ein wadenlanges Kleid. Selbiges ist in der Regel schwarz, braun, grau oder aus besonderem Anlass auch einmal geblümt. Die besonderen Anlässe sind: Verlobung, Hochzeit, Geburt, Geburtstag, Tag der Frau, Muttertag, Hochzeitstag, religiöse Feste. An gewöhnlichen Tagen scheint nur eine neutrale Farbe hinnehmbar zu sein.

Jeden Morgen bindet die Mutter sich ein Kopftuch um, bevor sie den Tag beginnt. Ihre Hauptbeschäftigung besteht darin, den Raum der kleinen, blitzblanken Küche auszufüllen. Dort scheint es immer etwas zu tun zu geben. Und das stimmt. Sie fegt, überwacht den Braten im Herd, räumt das Geschirr ein, macht den Kühlschrank sauber oder schreibt eine Einkaufsliste mit dem fehlenden Obst und Gemüse.

Sie streichelt ihre Kinder, nie aber ihren Ehemann.

Der Vater: Ein Mann von fünfzig Jahren mit Schnurrbart und Falten im Gesicht. Er trägt ein helles Hemd, das er in eine beige Stoffhose stopft. Er geht keiner bestimmten Tätigkeit nach, aber arbeitslos ist er auch nicht. Er hat einen Beruf, von dem man nichts weiss (ausser dass er ehrbar ist). Seine Hauptbeschäftigung besteht darin, auf dem Markt von einem Stand zum anderen zu gehen und Obst und Gemüse in einen bunten Korb zu häufen. Die Händler grüssen ihn ganz unbefangen, was er zu schätzen scheint, denn er ist zwar ein Bourgeois, aber dennoch sehr volksnah. Er liebt seine Frau und seine Kinder, aber sich selbst liebt er, glaube ich, nicht.

Leila: Sie trägt Zöpfe und ein so kurzes Kleid, dass den Lehrern ganz anders wird. Sie spielt mit einer Puppe mit blödem Gesichtsausdruck, die sich ständig etwas bricht oder, schlimmer noch, ausrenkt, einen Arm, ein Bein, sogar den Kopf. Das kleine Mädchen schreit, stampft mit dem Fuss auf, schmollt und weint. Manchmal versucht sie auch, kreativ zu sein, um ihrem Vater eine Freude zu machen, sie malt oder schreibt zum Gähnen langweilige Lobgedichte auf die Schönheit einer Rose am frühen Morgen oder das Gezwitscher eines kleinen blaugefiederten Vogels.

Mustapha: Im Gegensatz zu seiner Schwester besitzt er kein Spielzeug. Er ist ein sehr ernsthafter Junge. Er trägt sein Haar mit Seitenscheitel und benutzt Gel, damit nicht eine Strähne die glänzende Zukunft, die ihn zu erwarten scheint, stört. Er steckt ständig zwischen seinen Büchern. Bald be-

schäftigt ihn eine Grammatiklektion, bald hat er die algerische Nationalhymne auswendig zu lernen.

So jung und schon ein Streber …

Während seiner seltenen Pausen bastelt er kleine Gegenstände aus Streichhölzern und Klebstoff. Verstohlen beobachtet er die Mädchen. Sie machen ihm Angst. Eines Tages wird er es über sich bringen: wird eine Mitschülerin ansprechen, wird versuchen, nicht zu erröten, wird überheblich tun. Eines Tages, das weiss er, wird er mutig oder verrückt genug sein, einem Mädchen anzubieten, es nach Hause zu begleiten.

Meine Schlussfolgerung: Die Erwachsenen leben, ohne zu arbeiten. Leila ist schlecht erzogen. Mustapha hat keine Freunde. Es gibt keine Gleichheit der Geschlechter.

Ich bekam null Punkte für diesen Aufsatz und ein paar Zeilen, die ich zu Hause gegenzeichnen lassen musste.

Ich wusste nicht, wie ich es anstellen sollte, meinen Eltern diesen Eintrag zu zeigen. Mir schwante, dass sie mich bestrafen würden. Meine Eltern würden meine Argumente erst gar nicht anhören wollen, die gegen die der Lehrerin ja nicht ankamen. Drei Möglichkeiten hatte ich: zu weinen, um zu versuchen, sie gnädig zu stimmen, den nächsten Morgen abzuwarten, um mir den Abend nicht zu verderben, oder wütend zu werden und etwas von Meinungsfreiheit vom Stapel zu lassen.

Wie gewaltig ist doch die Angst, die so ein kleines Herz ausfüllt, wenn es mit einer schlechten Note nach Hause kommt! Kein Schriftsteller hat sich je die Zeit genommen, über diese furchtbare Not zu schreiben. Die Literatur, meine eigentlich treueste Freundin, kam mir da nicht im mindesten zu Hilfe. *Papa, Mama, hier, seht bitte mal, ich habe eine schlechte Note bekommen. Papa, Mama, ihr müsst das bitte unterschreiben.* Nein, das brachte ich nicht über mich.

Zum Glück explodierte gegenüber der Schule an diesem Nachmittag eine Bombe. Unsere Eltern kamen verschreckt herbeigeeilt. Es gab viel Lärm und entsetztes Geschrei, einige Blutlachen, schweissgebadete Polizisten, erschöpfte Soldaten und sicher ein oder zwei Terroristen, die sich irgendwo in der Nähe versteckten. Das alles gab es und dazu meine null Punkte, gut unten im Schulranzen versteckt.

Einmal in Sicherheit, zu Hause angekommen, habe ich es meinen noch unter Schock stehenden Eltern schonend beigebracht, oh, nichts Aufregendes, nur dass die Lehrerin, *diese blöde Gans,* mir eine widerwärtige Note verpasst habe und ich eine klitzekleine Unterschrift brauchte.

Die Bombe, das waren wenige Sekunden Lärm, Schrecken und Hektik gewesen und dann die Erleichterung. Meine schlechte Note aber, das war tagelang Drama und Geschrei, Zorn und Bestrafung.

Es brachte überhaupt nichts, auf ein Unglück zu hoffen, wenn man am Ende doch wegen einer schlechten Note so ausgeschimpft wurde.

Zu der Zeit glaubten wir beide, meine kleine Schwester und ich, dass mein Vater Florist war und meine Mutter Hausfrau. Unsere Eltern schwindelten uns, wie viele andere Eltern auch, bezüglich ihres Berufs etwas vor. Nur für den Fall, dass die Lehrerin eine Terroristin war.

Am ersten Schultag nach den Sommerferien mussten wir immer einen kleinen Fragebogen ausfüllen, und viele von uns trugen dann »Florist« in das Feld »Beruf des Vaters« ein.

Alle Welt weiss, dass kein Terrorist je dem Kind eines Floristen die Kehle durchgeschnitten hat.

Als wir klein waren, war es uns verboten, draussen herumzulaufen. An jeder Strassenecke explodierten schwarze Plastiktüten. Die Terroristen versteckten sich in den Wäldern, und manche Wälder wurden von Spezialeinheiten der Armee niedergebrannt, um die Mistkerle aus der Deckung zu locken.

Als wir klein waren, hatten wir, die Kinder der Floristen, Angst vor Bäumen, und später hat kein Mensch je daran gedacht, uns zu sagen, wir könnten aufhören, Angst zu haben.

Meine Schwester und ich haben oft mit Mama zusammen die Fernsehserie *Unsere kleine Farm* geschaut, weil sie das an ihre Kindheit erinnerte. Im Vorspann rannte diese Ingalls-Tochter immer wie eine Irre über die Wiese und wälzte sich im Gras.

Und wir beneideten sie darum, dass sie herumspringen und sich einfach so ins Gras werfen durfte.

Diese blöde Kuh.

Ich bin ein Mittelding: exakt in der Mitte, nicht vorn, nicht hinten, nicht hässlich, nicht grossartig. In der Klemme zwischen Algier und Paris, zwischen der Beharrlichkeit meiner Mutter, mich heimzuholen, um mich unter die Haube zu bringen, und meinem kuscheligen Pariser Leben.

Ein Mittelding zu sein, das ist wie ein Fundamentalist ohne Vollbart, ein Polizist ohne Schnäuzer, ein Raï-Sänger ohne Haare. Es passt nicht zusammen.

Die ganze Woche über fragt man mich: *Sind Sie dafür oder dagegen?*

Ich aber bin immer in der Mitte, weder dafür noch dagegen. Es ist wohl dieser komische Mix aus Waffenruhe und Raï, aus verschleierten und Bikinifrauen, der mich zu einem Mittelding gemacht hat.

Wenn ich einmal sechsundachtzig bin, werde ich eine dickliche, unheimliche Alte sein, die nach Schweiss und kaltem Tabak riecht. Eine krumme und schiefe Greisin mit weissem Haar und Händen voller Steine, die sie in ausgebeulten Hosentaschen hortet, während sie in Männerlatschen durch ihren vom Unkraut überwucherten Garten schlappt, Selbstgespräche führt und noch immer nicht weiss, wohin sie gehört.

Ich werde es ablehnen, Entscheidungen zu treffen, auch wenn meine Neffen, die meine Unbeständigkeit nervt, mich noch so sehr bearbeiten. Soll ich das Haus verkaufen oder es vermieten? Soll ich die ganze Schachtel Tabletten auf einmal schlucken oder der Versuchung noch ein bisschen widerstehen?

Ich werde ein zerdelltes Auto haben, das ich dann ohne Führerschein fahre, aber ich werde zu alt sein, als dass man es wagen würde, mich anzuhalten. Die Polizisten werden beide Augen zudrücken. Das Auto wird schmutzig sein, und kleine Strolche werden Beleidigungen an die Wagentüren schmieren, die mich zum Lachen bringen. Ich werde darin Strassenkatzen, meine Grünpflanzen und meine Grossneffen herumkutschieren, die ihrerseits jede Menge Freunde und Dreck anschleppen werden. Ich werde haufenweise Zigarettenkippen im Auto herumliegen haben, denn wenn man erst einmal ein solch fortgeschrittenes Alter erreicht hat, bringt es auch nichts mehr, mit dem Rauchen aufzuhören. Ich werde beim Einparken einen Rückspiegel zerdeppern. Mein Auspuff wird einen Höllenlärm machen, der die Nachbarn in ihren Betten aufschreckt, und dabei grässlichen schwarzen Rauch ausstossen.

Clothilde erklärt mir, dass Glück nichts anderes sei als die Summe vollkommener kleiner Momente. Sie rät mir, es zu geniessen, wenn ein solcher Moment auftaucht. Momente wie diese beschenkten einen mit dem Gefühl der Fülle. Die Luft selbst sei dann wie verwandelt. Es fehlt einfach nichts.

Ganz kleine, ganz vollkommene Momente …

Gestern Abend hat ein Kollege mir angeboten, mich nach Hause zu fahren. Ich habe freudig angenommen, weil die Hochzeit meiner Schwester schon in zwei Wochen ist und ich mit frischen Emotionen in Kopf und Körper in Algier ankommen will.

Es gab so viele Staus, dass wir eine geschlagene Stunde bis vor meine Haustür brauchten. Er hat mich nicht ins Restaurant eingeladen. Seine Frau warte schon. Er hat nicht versucht, mich zu küssen. Noch nicht mal den Himmel hat er mit mir betrachtet. Nichts von all dem.

Was für ein Spiel spielt dieser Typ? Man fährt doch eine junge-Frau-ohne-Ehering nicht nach Hause, um ihr weiter nichts zu sagen als »meine Frau wartet schon auf mich«.

Meine Mutter setzt mir einfach zu viele Grillen in den Kopf.

Ich habe ihn mir vorgestellt in seiner superschicken Wohnung, mit seiner Frau, einer Blondine mit seidigem Haar, die ihn auf dem Sofa erwartet.

Ich habe mir ein Sandwich im kleinen Restaurant bei mir unten im Haus geholt, das einem freundlichen Griechen gehört, der vielleicht auch Türke oder Algerier ist. Ich hab mir zehn Folgen einer amerikanischen Serie reingezogen und dabei Fritten gefuttert. Habe einen ganzen Becher Schokoeis verdrückt. Und mir die Hornhaut an den Fusssohlen abgeraspelt.

Ich bin mir völlig im Klaren darüber, dass ich mit all dem rein gar nichts tue, um einen Ehemann zu finden.

Ich bin mit feuchtem Kopf, Körper und Herzen zu Bett gegangen, während meine Gedanken um die Verlobung meiner kleinen Schwester kreisten. Mir graut jetzt schon bei der Vorstellung, dass ich unverheiratet zu ihrer Verlobung auftauche, aber mich gruselt auch der Gedanke, mit jemandem zusammen zu sein, der mich abends nicht mehr in Ruhe meine griechischen Sandwiches und meine Eiscreme essen lässt.

Das hier ist die Geschichte eines Mitteldings, das es nicht schafft, ein anderes Ding zu finden, an dem es sich vertrauensvoll festklammern kann.

»Hier spricht deine Mutter!«

»…«

»Deine Freundin Amina hat mich heute früh besucht, sie hat mir Blumen vorbeigebracht, sie ist wirklich lieb, die Kleine, ich begreife gar nicht, wieso sie noch immer nicht verheiratet ist.«

»Sie ist lieb, ja …«

»Und schön! Bei ihr stimmt einfach alles. Ich hoffe, dass sie bald heiraten wird.«

»Hör doch auf, andauernd vom Heiraten zu reden!«

»Was ist denn mit dir los? Ich rede doch gar nicht die ganze Zeit vom Heiraten!«

»O doch.«

»Bist du auf der Arbeit?«

»Nein.«

»Bist du zu Hause?«

»Nein.«

»Dann geh mal schnell nach Hause.«

»In Ordnung.«

Als ich frisch in Paris eintraf, war ich fasziniert von all den Fenstern ohne Vergitterung und den nächtlich erleuchteten Auslagen. Ich entdeckte eine Stadt, die um einiges prüder war, als in den Romanen beschrieben, und ihre schönsten Geheimnisse dem Kreis der Kenner vorbehielt, und ich verging vor Lust, in diesen geschlossenen Zirkel vorzustossen.

Ist das wirklich eine Stadt? Kann man seine Jugend in der Enge dieser kühlen, dunklen Strassen verbringen, die ich gerade erst erkunde?

Auf den Bänken sitzen Liebespaare, halten sich im Arm und küssen sich.

Ich schlafe nicht, als ich in Paris ankomme. Ich bin wie geblendet. Schwere Wolken hängen über meinem Kopf. Kein himmlischer Schutz. Niemand da, der auf mich wartet. Aber doch die Verzückung.

Morgens manchmal etwas Nebel. Das Grau der Seine. Die Haare, die sich in der Feuchtigkeit kräuseln.

Man verlässt Algerien nicht, wie man ein anderes Land verlässt. Man braucht Kraft, um dem Knotenstock seines Grossvaters in der Zimmerecke, dem erkrankten Vater, der in Tränen aufgelösten Mutter adieu zu sagen.

Seit ich meine Stadt verlassen habe, klingt mein Lachen weniger schön, weniger hell, weniger ehrlich.

Ich konnte nicht umhin, den grossen Aufbruch vorher anzukündigen, musste die Vorwürfe der Männer, die Lästereien der Frauen wegstecken. Eines späten Abends bin ich aufgebrochen, zur Stunde, da ehrbare Leute bei Tisch sitzen. Ein letztes Mal bin ich die Treppe hinuntergegangen. Gepäck hatte ich nicht viel. Ich hatte versprochen, bald wiederzukommen. Das war nicht gelogen. Damals wusste ich noch nicht, dass man nicht zurückkommt.

Manchmal telefoniere ich mit Amina, die in Algier geblieben ist, und wir erinnern uns an die Bruchstücke unserer Kindheit, unserer Jugend, den Bombenlärm, die Schreie der Leute, die flutenden Menschenmassen, die Wut der einen, die Verzweiflung der anderen, jener, die nie mehr zurückgekommen sind, allen Versprechungen zum Trotz und obwohl endlich wieder Frieden eingekehrt war.

Wir erinnern uns und wir lachen. Wir reden von Kamil, in den ich verliebt war, so wahnsinnig verliebt, aber der mich verlassen hat, der mir das Herz gebrochen, mich halb um den Verstand gebracht hat. Und um all meine Träume.

Es gibt ein Foto von uns, das unsere Eltern aufgenommen haben und auf dem unser erstes unbändiges Lachen verewigt ist, da waren wir beide gerade mal drei Jahre alt. Kamil und ich, wir sind zusammen aufgewachsen. Kreuz und quer haben wir beide mit dem Bus die Stadt durchstreift, haben versucht, diese irrwitzige Stadt, in der wir lebten, zu der unseren zu machen. Wir sind in die Ödnis der Kanalisation vorgedrungen, unbekümmert um die Gefahr, und haben uns ewige Schwüre geschworen. Immer weiter sind wir über die von den Eltern gesteckten Grenzen hinausgestossen. Wir haben den Unterricht geschwänzt. Haben geschwindelt, um zusammen ausgehen zu können. Haben uns die grossen Themen zu eigen gemacht.

Wir waren siebzehn Jahre alt.

Wir waren trunken vor Lebensgier. Wir waren wie von Sinnen. Die Vergangenheit war ausgelöscht, und wir hatten nichts anderes im Kopf, als einfach nur herumzulaufen, überall herumzulaufen, mit zum Himmel erhobenem Blick. Wir waren siebzehn, und wir lebten in einer zerbrochenen, lärmenden, aussergewöhnlichen Stadt.

Bars ohne Aushängeschild schossen aus dem Boden. Änderungsschneider kürzten die Röcke. Ich bin mir nicht sicher, ob wir wirklich glücklich waren. Vielleicht waren wir einfach nur wie benommen von dieser Existenz, die eben erst begann, nach all den Jahren der Ausgangssperre und der Angst.

In Algier fing das Leben ganz von vorne an, während Kamil und ich einander in der Kanalisation entdeckten.

Wir hatten uns getrennt, wiedergefunden, erneut getrennt, waren nochmals zusammengekommen, bevor wir uns auf Zeit trennten, ohne zu ahnen, dass es diesmal für immer wäre. Als wir uns zum letzten Mal trafen, war das für mich nicht das letzte Mal. Es folgten das Schweigen und die Distanz, die Angst und der Schmerz. Kamil rief mich eines Tages während des Abendessens an und erklärte, es sei aus. Er konnte nur Wortfetzen artikulieren, hohle Phrasen, die unserer Gefühle derart unwürdig waren, dass ich mich weigerte, sie vor Amina, der ich doch eigentlich alles anvertraute, zu wiederholen. Meine Augen verschleierten sich. Ich wartete ab. Verweigerung, Wut, Schmerz, Kummer, Angst, Beklemmung, Panik.

Einige Tage später erhielt ich folgende Zeilen:

Verzeih mir. Nimm allen Mut, den du nur hast, zusammen, und verzeih mir. Du musst mir verzeihen.

Ich habe keineswegs beschlossen, dich zu verlassen. Als ich dich das letzte Mal küsste, das war kein letztes Mal. Meine Lippen auf deinen … da wusste ich es noch nicht, ich schwöre es dir! Aber dann, als ich an jenem Morgen das Fenster trotz der Kälte aufmachte, da fand ich nichts als einen unermesslichen Himmel vor.

Reste vom Abendessen müffelten noch auf dem Tisch vor sich hin. Und da war so ein penetranter Milchgeruch, der mich zwang, durch den Mund zu atmen.

Es fiel ein feiner Nieselregen. Ein Regen, der eine bleigraue Sonne verbarg. Regen und dieser widerliche Milchgeruch, der einfach nicht verschwand, und die kleinen weissen Fliesen in deinem Zimmer, an die ich mich erinnerte, dazu mein Herz, das sich so schwer anfühlte, und der Entschluss, dich zu verlassen, der ganz langsam anfing, sich einen Weg durch mein Hirn zu bahnen …

Ich habe mich dann losgerissen von der Betrachtung des Regens. Ich habe gewartet, untätig, in einem zu nichts zu gebrauchenden Zimmer. So ist es passiert. Also, du siehst, das letzte Mal, als meine Lippen auf deinen Lippen … das war nicht das letzte Mal, denn da wusste ich es noch nicht.

Eine blöde Sache, so ein Abschiedsbrief.

Amina, mein einsames, nervöses und fragiles Vögelchen, hat mich mit ernster, bedrückter Miene in die Stadt geschleift. Zusammen haben wir sie in der Dämmerung durchstreift wie zwei Schwestern. Ein Spaziergang durch Algier, um dem adieu zu sagen, was es nie wieder geben würde. Ein Bummel durch eine Stadt, die unsere Geheimnisse, unsere Tränen und Hoffnungen für alle Zeiten bewahren würde.

Meiner Mutter habe ich nichts gesagt. Verheiratete Frauen haben längst vergessen, wie sich ein gebrochenes Herz anfühlt.

So lange schon immer nur die Wange hingehalten, immer nur Ohrfeigen abgeholt. Längst verspüren Amina und ich keinen Schmerz mehr. Auch keine Traurigkeit.

Ich weiss ja, ich darf Yacine nicht anrufen. Hätte er mich sehen wollen, er hätte mir längst ein Zeichen gegeben. Ich darf ihn nicht anrufen. Ich weiss es, aber ich habe es trotzdem getan. Er hat nicht zurückgerufen. Er hatte keine Lust, mich wiederzusehen.

Der erste Abschied ist der schwerste. Er kommt schneller, als einem lieb ist. Der erste Abschied ist selten ehrlich. Ich verspreche, bald wiederzukommen, gut auf mich aufzupassen. Ich verspreche alles, was ich ihnen versprechen soll. Ich habe Angst, aber das sage ich nicht. Ich mag keine langen Abschiedszeremonien.

Der Flughafen ist wie ausgestorben. Keine Musik, keine Klänge, keine Farben. Ich tigere auf und ab, warte auf die Öffnung der Check-in-Schalter. Meine Familie sieht mir zu. Ich will ihre Traurigkeit nicht. Sie denken schlecht von mir, weil ich sie alleinlasse. Oder vielleicht auch nicht. Vielleicht sind sie einfach nur traurig.

Der gewaltsame letzte Akt.

Endlich habe ich die zahlreichen Kontrollen hinter mir und bin im Abflugbereich angelangt. Erleichterung.

In der Presseschau im Radio hörte ich neulich, eine Kroatin habe ihren Hund, einen weissen Pudel, mit dem sie seit sechs Jahren zusammenlebt, im Rahmen einer prunkvollen Zeremonie in Anwesenheit von Familie und Freunden geheiratet.

Heiraten macht verrückt. Habe ich meiner Schwester gesagt. Ihre ganze Antwort war, wenn ich zum Monatsende nicht heimkäme, würde sie mich über drei Generationen hinweg verfluchen.

Ich würde wirklich am liebsten gar nicht runterfliegen. Aber es müsste schon etwas ganz und gar Unwahrscheinliches passieren, damit mir das viel zu saubere Haus, die viel zu weiten Kleider, die viel zu süssen Kuchen, die viel zu draufgängerischen Jungs und die viel zu lauten Jubeltriller erspart blieben. So etwas wie ein Vulkanausbruch unter dem Flughafen oder dass ich mir sämtliche Arme und Beine auf einmal bräche, zum Beispiel.

Sicher, die Vorstellung, ein derart wichtiges Ereignis zu versäumen, würde mir einen kleinen Stich ins Herz versetzen. Ich würde mir zur »Feier« des Tages zwei Portionen algerische Eiscreme genehmigen. Ich würde auch ins Kino gehen. Und während die Trailer über die Leinwand liefen, malte ich mir dann die Kommentare meiner Angehörigen aus. Eine Egoistin und unwürdige Tochter würde man mich schimpfen, und meine Schwester gäbe vor, mich zu verteidigen. Manche würden angewidert die Augen schliessen. Achseln würden gezuckt, Zungen würden schnalzen. *Es ist doch nicht deine Schuld,* würden die Gäste meine Mutter trösten, die eine würdevolle kleine Träne oder, sehr viel wahrscheinlicher, heisse Tränen vergösse und sich von allen dafür bedauern liesse, eine dreissigjährige, noch immer unverheiratete Tochter grossgezogen zu haben. Und obwohl der Film inzwischen längst begonnen hätte, würde ich diese Gemeinheiten nicht vergessen können. Ich würde unruhig auf meinem Sitz herumrutschen. Mich unwohl fühlen. Und es mir verübeln, dass es mir nicht gelänge, mich zu entspannen, weil ich von Geburt an einen Schuldkomplex habe. Schwupp, vom mütterlichen Uterus hinein in nichts als Scham und Schande.

Ich denke an die kummervollen Botschaften der Freunde und Cousins, wenn sie erfahren, dass ich nicht kommen werde. Ich stelle mir auch die missbilligenden Briefe der Onkel, Tanten und Grosseltern vor, die mit erhobenem Zeigefinger meinen Mentalitätswandel monieren, seit ich *da drüben* bin.

Nein, ich werde zur Verlobung meiner kleinen Schwester fliegen.

Nun bin nur ich noch übrig, erkläre ich Clothilde, in meinen dreissig Quadratmetern für tausend Euro in Paris, selbst wenn ich, meiner Mutter zufolge, solange ich nicht verheiratet sei, so lebte, als hätte ich in Wahrheit kein eigenes Zuhause. Es ist nämlich keine Frage der Quadratmeter, des Mietpreises oder des Viertels, es ist eine Frage der Menschenwürde.

Jeden Monat, wenn ich den Betrag sehe, der von meinem Bankkonto für die Miete abgeht, sage ich mir, dass ich tatsächlich kein eigenes Zuhause habe, und fühle mich ein wenig verwaist, ein wenig unbehaust.

Wie so viele Pariser zucke ich am Ende dann die Achseln und sage mir, dass ich sowieso nicht genug Zeit in meiner Wohnung verbringe, um mich grossartig darum zu kümmern. Ich schlafe dort ja nur. Es ist ein Schlafplatz. Aber immerhin, so klein und dunkel er auch sein mag, es ist *mein* Schlafplatz. Der mir und nur mir allein gehört. Der Abglanz meines Erfolgs und meiner Unabhängigkeit.

Clothilde gesteht mir, dass sie heute alles ganz anders machen würde, wenn sie die Zeit um zwanzig oder dreissig Jahre zurückdrehen könnte.

Sie wickelt sich einen alten Schal um ihren faltigen Hals. Ein Wind ist aufgekommen.

Meine Mutter rief wieder an, als ich gerade im Schutz meines Bildschirms heimlich einen Liebesroman las. Françoise kam im selben Moment zur Tür herein. Entschuldigungen murmelnd, machte sie auf dem Absatz kehrt, aber ich merkte sehr wohl, dass sie innerlich kicherte. Sicher dachte sie, dass *sie* ihr Gänschen von Tochter nie im Leben im Büro anrufen würde.

Der Zweck von Mamas Anruf war natürlich wieder die Verlobung.

»Du kommst doch ganz bestimmt?«

Die Fragen, die meine Mutter stellt, wollen eigentlich nicht beantwortet werden. Es sind auch keine wirklichen Fragen, sondern Geschosse. Es ist nur wichtig, so schnell wie möglich herauszufinden, welche Art von Geschoss. Ist es eins von denen, die mir direkt unter der Nase explodieren, oder eine raffiniertere Waffe, die mir schleichend Herz und Hirn vergiftet, bis ich irgendwann qualvoll verende?

Annahme 1: *Mein kleines Mädchen, du magst ja lange studiert haben, aber du weisst einfach nicht, wie man das macht. Als ich so alt war wie du, hatte ich deinen Vater längst an der Angel, und zwar so richtig, lass es dir gesagt sein. Du warst schon unterwegs. Deine kleine Schwester heiratet bald, und du bist jetzt fast dreissig und noch immer nicht unter der Haube. Das hier ist deine letzte Chance, lass sie dir nicht entgehen. Vielleicht gibt es ja irgendeinen Cousin/Nachbarn/Freund, der ein Auge auf dich wirft und bereit wäre, dich zu heiraten.*

Annahme 2: *Sag mir bitte, dass du irgendwann jemanden findest, der dich nimmt! Mein grosses Mädchen, du siehst aus wie eine Spargelstange, so grünlich und bleich, mach dich hübsch, lächle, halt dich gerade, und heirate wen auch immer. Wenn du es schon nicht für dich machst, dann tu es mir zuliebe, für deine liebe Mama, die alles geopfert hat, damit ihre beiden Töchter eines Tages eine schöne Hochzeit bekommen …*

Annahme 3: *Geh zum Friseur, und lass dir das Haar glätten, mach diese Locken weg, die den Männern Angst einjagen, färb dir die Haare blond, die Algerier, was sag ich, die Männer mögen Blondinen. Lauf, meine Tochter, in nur einer Stunde wird der Friseur diese ganzen Locken da zum Verschwinden gebracht haben. Kauf dir einen BH mit gepolsterten Körbchen, setz dich nicht der Sonne aus, ein brauner Teint macht einen schlechten Eindruck.*

Annahme 4: *Wenn ich das gewusst hätte, hätte ich dich nie und nimmer ins Ausland gehen lassen. Du hast mir ver-*

sprochen, nach neun Monaten zurückzukommen, und nun bist du schon seit Jahren da drüben, in dieser winzigen Wohnung. Du hast zu lange studiert, das macht allen Angst. Hör auf zu reden, du sprichst zu viel. Und erzähl nicht allen, dass du allein wohnst, was sollen die Leute denn da denken? Hör auf, dir die Nägel blau zu lackieren, das sieht ja aus wie bei einer Leiche. Und widersprich älteren Leuten nicht, das schickt sich nicht. Zieh dir was anderes an, diese Hose liegt zu eng an. Hör auf, dich so zu bewegen. Schweig still. Und halt dich gerade.

»Ja, natürlich!«

»Ich habe mir gedacht, du könntest zu diesem besonderen Anlass vielleicht mal den Kaftan anziehen, den dein Vater und ich dir geschenkt haben. Wir hatten ihn eigentlich für deine Hochzeit gekauft, aber daraus wird im Moment ja nichts, man muss der Realität ins Auge sehen, du bist noch nicht bereit zu heiraten …«

Rückblende, sechsundzwanzig Jahre früher, ich bin drei Jahre alt. Mein Vater, mit einer Frisur im Afrolook, wie sie damals Mode ist, baut eine Kamera auf und filmt seine kleine Tochter, die gerade zu sprechen anfängt. *Das ist meine kleine Tochter … meine niedliche kleine Tochter, die eines Tages heiraten wird, eine schöne Hochzeit wird sie haben, meine süsse kleine Tochter …* Und die süsse kleine Tochter im weissen Spitzenkleidchen plappert nach: Hochzeit.

Mein erstes Wort war: Papa. Mein zweites: Mama. Mein drittes: Hochzeit.

Françoise ist erneut in mein Büro gekommen, um mich etwas unterschreiben zu lassen. Sie weiss, dass ich es nicht mag, wenn sie einfach so hereinkommt, während ich telefoniere, aber sie gibt vor, es sei dringend. Es ist nur eine Bestellung von Büromaterial.

»Ich ruf dich später zurück, Mama. Einverstanden, was den Kaftan anbelangt.«

Clothilde redet auf mich ein und gestikuliert dabei heftig. In meiner Gegenwart kommt Leben in sie, eine wahre Freude.

Zwei Frauen auf einer Bank, Hände wirbeln durch die Luft, Worte werden gewechselt.

1996 ist meine kleine Schwester sechs Jahre alt, und ich bin zehn. Unsere Tante hat soeben geheiratet. Als wir vom Fest nach Hause kommen, weigert sich meine Schwester, schlafen zu gehen, und macht sich an die Planung ihrer eigenen Hochzeit. Sie bastelt ein Heft mit weissen Blättern und entwirft Kleider für ihren grossen Tag. Sie steckt ihre ganze Energie dahinein.

Unsere Tante hatte in einem von einer Freundin geliehenen Kleid geheiratet. Es war sehr heiss gewesen an jenem Tag, die Sonne verbrannte die Haut, der Himmel war von einem fast schon weissen Blau. Die Hochzeitsfeier fand gegen Ende des Tages in einem abgedunkelten kleinen Raum statt, und nur die engsten Freunde, eine Handvoll, waren geladen. Über Algier hagelte es Bomben. Die Strassen waren ein einziger langgezogener, ohrenbetäubender Klageruf. Die öffentlichen Verkehrsmittel waren zu Leichenwagen geworden. Heiraten, Pläne schmieden, neues Leben schenken, das alles war wichtiger denn je, aber nach fröhlichem Feiern stand keinem der Sinn. Meine Tante hatte Angst. Ihr

Bräutigam auch. Die Gäste noch viel mehr. Jahre später fällt uns die Videokassette wieder in die Hände, und wir schauen uns den Film dieser verunglückten Hochzeitsfeier an. Die Angst in den Gesichtern, das verkrampfte Lächeln, die verhüllten Kleider, das Auffahren beim geringsten Lärm und die Tränen der Braut.

Meine kleine Schwester hatte das damals als unzulängliche Vorbereitung gedeutet und beschlossen, auf keinen Fall selbst so improvisiert in den Hafen der Ehe einzulaufen. Meine Mutter hatte da wirklich ganze Arbeit geleistet.

Ich hatte in dieser Zeit alle Hände voll mit den Steinen zu tun, die ich in meinen Taschen nach Hause trug, um sie später in Watte zu pflanzen. Ich weiss noch, wie sehr ich mich wunderte, dass keine Felsen daraus erwuchsen.

»Mama treibt mich noch mal in den Wahnsinn«, seufzt meine kleine Schwester am Telefon. »In drei Wochen ist Verlobung, und sie ändert alle paar Sekunden ihre Meinung. Der Konditor hat schon gedroht, unsere Bestellung zu annullieren, wenn sie nicht aufhört, ihn anzurufen.«

Meine Schwester nervt mich. Sie hat doch demnächst einen Ehemann. Sie muss Mamas nächtliche Anrufe nicht über sich ergehen lassen, wenn die mal wieder einen Albtraum hatte, in dem ich von einem Nichtmuslim vergewaltigt werde.

Caroline rät mir, Abstand zu nehmen und mich nicht von den Ängsten meiner Mutter verrückt machen zu lassen. Aber es ist ja nicht nur meine Mutter. Da ist die ganze sichtbare Verschandelung und Lärmbelästigung um mich herum. Da sind die Zeitschriften mit ihren Schlagzeilen, dass eine Frau ab dreissig überhaupt nur noch eine zwanzigprozentige Chance habe, jemanden zu finden. Da ist Demoiselle Clothilde. Und da ist die morgendliche Presseschau im Radio, die mir die Selbstmordrate lediger Frauen um die Ohren schlägt. Und die Restaurants, wo man die Augenbrauen hochzieht, wenn ich einen Tisch für eine Person verlange. Und da ist nicht zuletzt der Kalender, der einen systematisch an alles erinnert, was man so zu zweit begeht: Valentinstag, Ferien, Geburtstage, Silvester.

Ich versuche, mir gut zuzureden. Ich bin eine starke, unabhängige Frau. Ich kann doch nicht mein ganzes Ich auf meine Zugehörigkeit zu einem Mann reduzieren. Ich lebe in der schönsten Stadt der Welt.

Ich rede mir gut zu, aber es klappt nicht so recht. Ich bin nicht mehr in dem Alter, in dem das Warten zum Leben gehört. Bin nicht mehr das kleine Mädchen, das auf einer Brache Pinienzapfen grillt und dabei vor sich hin träumt. Mein Körper beginnt zu welken. Ich habe erste graue Haare. Noch habe ich keinen Hängebusen, aber das liegt vor allem daran, dass ich gar keinen Busen habe. Meine Zähne werden schlecht. Mein Bauch schwillt schon an, so sehr, dass ich regelmässig zur Untersuchung gehe, aus Angst, eines Tages einen Tumor zur Welt zu bringen. Meine Oberschenkel sind bereits ganz dellig vor lauter Orangenhaut. Es bleibt einem nichts erspart.

Es scheint, dass das Risiko, vergewaltigt zu werden, für unverheiratete Frauen grösser ist als für verheiratete.

Clothilde sieht traurig aus. Sie ist erschöpft, nervös, wie aufgescheucht. Sie sagt, das komme von der Liebe. Die sei so zermürbend. Sie hat angefangen zu rauchen. Kippen, die sie im Abfall gesammelt hat. Ihr Blick ist trüb. Sie murmelt, sie sei nicht mehr wirklich da. Die Liebe reisse sie mit sich fort und zermalme sie schier. Sie hat nichts anderes zu erzählen, als dass die Liebe sie völlig zermalme. Sie starrt auf die Lichter in den Wohnungen. Sie wischt den Staub von den Bänken.

Heute Morgen habe ich verschlafen. Ich habe vergessen, meinen BH anzuziehen. Niemand hat es gemerkt, bis auf Françoise, die mich hinterhältig gefragt hat, ob sie meine Vormittagstermine absagen solle, damit ich rasch nach Hause könne, um mich fertig anzuziehen.

Dieses Miststück.

Vor ein paar Jahren hatte ein Bärtiger mitten in Algier, auf der Place Audin, einen kleinen Holztisch auf dem Bürgersteig aufgebaut, wo er Spitzenunterwäsche jeglicher Form und Farbe für nur zweihundert Dinar zum Kauf anbot.

Die ganze Woche über standen die jungen Mädchen vor seinen Auslagen stundenlang Schlange. In Algerien steht man wegen allem und jedem Schlange, da wurde bei Spitzendessous für zweihundert Dinar nicht lange gezögert. Man nannte ihn den Spitzenbärtigen.

Ich gehörte zu den Stammkundinnen. Es war der einzige Ort, an dem ich Unterwäsche in meiner Grösse erstehen konnte.

Einige von uns wollten wissen, woher er solche Artikel denn so preiswert bekomme. Unseren Fragen begegnete er nur mit einem mysteriösen Lächeln, und manchmal geruhte er zu bemerken: *Gott steht mir bei.*

Aber nach einiger Zeit fingen die Polizisten an, unseren lieben Spitzenbärtigen zu behelligen. Mussten sie sich doch seinetwegen immer wieder hierher bemühen, um den Menschenauflauf in Schach zu halten. Sie behaupteten, es sei verboten, auf dem Bürgersteig Unterwäsche zu verkaufen. Am Ende packte der Spitzenbärtige fluchend seine Sachen zusammen und erklärte, man könne in diesem Land nirgendwo redlich sein Geld verdienen.

Seitdem denke ich jedes Mal an ihn, wenn ich mir irgendwo Dessous kaufe.

Auch ich werde eines Tages einen Ehemann haben.
Was glaubt sie denn, diese Françoise …

Ich rufe Caroline an, um sie zu bitten, mir bei der Auswahl eines Verlobungsgeschenks behilflich zu sein. Aber sie hat keine Zeit: Sie liegt in den Armen ihres Freundes.

Ich gehe ins kleine griechische Restaurant. Bestelle mir ein Sandwich mit einer Extraportion Zwiebeln, Knoblauch und Samuraisauce. Setze mich an die Theke. Um mir eine Freude zu machen, legt der Grieche einen Song von Khaled auf.

Inmitten dieses kulinarisch-musikalischen Chaos klingelt mein Telefon.

»Hier ist deine Mutter. Wie geht's?«

»Geht so …«

»Deine Schwester treibt mich noch in den Wahnsinn. Ich habe sie nur gebeten, damit aufzuhören, Fingernägel zu kauen, und da hat sie mich angeschrien.«

»Sie ist gestresst, lass sie in Ruhe …«

»Ist das vielleicht meine Schuld? Immer ist es meine Schuld. Du ergreifst immer Partei für die anderen, du hältst nie zu mir …«

»Mama …«

»Ich hab schon verstanden, ich nerve, ich nerve euch alle, am besten wäre ich tot, dann hättet ihr eure Ruhe …«

»Ach, Mama, hör zu, ich …«

»O nein! Keine Entschuldigungen, kein ›Ach, Mama‹, such dir eine andere Mama! Eine Mama, der ihr völlig egal seid, du und deine Schwester, denn das wollt ihr doch!«

Der Grieche spendiert mir eine Extraportion Fritten. Ich könnte vor Rührung weinen, wenn ich nicht Angst hätte, mein Make-up zu ruinieren. Ich stelle mir vor, wie es wäre, sich in diesen so netten Mann zu verlieben. Er würde mir Fritten spendieren. Wir würden über Griechenland reden, das ich nicht kenne, und über Algerien, das er nicht kennenlernen will.

Beim Gehen werfe ich einen Blick in den Spiegel seines kleinen Restaurants. Genau das, was ich befürchtet habe, meine Haare haben sich im Dampf gekräuselt.

Ich stosse auf Demoiselle Clothilde. Sie teilt schweigend mein Mahl.

Ich träume weiter vor mich hin:

»Mama, ich habe jemanden kennengelernt. Er will mich heiraten.«

»Nein! Wirklich? Nein! Das ist ja wundervoll! Danke, mein Gott! Wer ist es denn?«

»Ein Grieche.«

»Ein Grieche? Ein dunkelhäutiger Europäer! O mein Gott, ein Grieche, du willst einen Griechen heiraten, was hab ich dir nur getan? Bist du verrückt geworden?«

»...«

»Du spinnst wohl! Niemals wird meine Tochter einen Griechen heiraten. Dein armer Vater wäre darüber gestorben. Stell dir nur mal vor, wie eure Kinder aussehen werden!«

»Auch gut, wenn das so ist, dann heirate ich eben nicht. Niemals.«

»Was???«

»Ich heirate dann eben nicht, na und? Ledig zu bleiben ist doch kein Beinbruch.«

Spätestens in diesem Stadium der Unterhaltung hätte meine Mutter ihren Kopf wohl in den Backofen gesteckt.

Im letzten Jahr hatten Eltern in Pithiviers ihre Tochter leblos in deren Haus aufgefunden. Nach kurzer Ermittlung nahm die Polizei die beste Freundin des Opfers fest.

Auf dem Kommissariat gestand diese schliesslich. Sie hatte ihre beste Freundin mit einer schweren Pfanne erschlagen und ihr siebzehn Messerstiche verpasst. Der Grund für diesen Mord? Eifersucht. Ihre beste Freundin war ihr wie eine Schwester gewesen. Sie hatte drei Jahre zuvor geheiratet, lebte in einem schönen Haus und hatte gerade erfahren, dass sie schwanger war. Die Täterin dagegen wachte Morgen für Morgen nur in Gesellschaft ihres riesigen linken Ringfingers auf.

Nachdem sie den ganzen Tag über durch die Läden gebummelt waren, hatte das Opfer ihrer besten Freundin vorgeworfen, keine *wirklichen Anstrengungen* zu unternehmen, um jemanden zu finden.

Laut Autopsiebericht und Nachrichtensprecher hatte diese wie von Sinnen auf den Körper ihres Opfers eingestochen. Die junge Frau war schon nach dem dritten Messerstich tot. Die vierzehn anderen Stiche waren Ausdruck purer Freude am Bösen.

Die Gemeinde Pithiviers stand unter Schock. Ein herbeigerufener Psychiater diagnostizierte ernsthafte Depressionen und Selbstmordabsichten.

Ein Journalist hatte einen Nachbarn interviewt, Vince, den Inhaber des einzigen Videospielladens im Dorf. Sein Kommentar: *Hätte ich das gewusst, hätte ich sie geheiratet … Ich verstehe nicht, wie man so was tun kann.*

Weder Vince noch der Journalist, noch irgendwelche Psychiater können das wahre Ausmass an Leid ermessen, das die arme Frau zu ertragen hatte.

Yacines Anrufbeantworter ist voll. Ich kann ihn nicht daran erinnern, dass ich noch lebe, dass er mich anrufen kann oder mir schreiben oder sich einfach auch nur neben mich setzen. Clothilde tätschelt mir die Hand. Sie versteht mich.

Ich mag meine Strasse, wenn sie erwacht, vor allem jene Momente in der Schwebe, kurz bevor die Welt ihre täglichen Geschäfte aufnimmt. Nur die Müllmänner sind schon aktiv und versuchen, das Viertel noch sauberer zu machen, als es schon ist. Es ist friedlich, reinlich, kalt. Vom kleinen Platz aus, wo ich meinen Kaffee unter den Augen von Demoiselle Clothilde zu mir nehme, beobachte ich, wie die Strasse langsam erwacht. Ein Trupp Erstklässler rückt in Begleitung einer Lehrerin vor, die mit ihrem grossen, auf der flachen Brust baumelnden Kreuz eher einem Pfadfinderchef ähnelt. Ich höre ihnen zu, wie sie sich ihre kleinen Alltagsgeschichten erzählen. Sie sind glücklich. Ihre Heiterkeit und ihre innere Geschlossenheit heben sich scharf von der verwirrenden Fülle des Daseins ab.

Lange Zeit dachte ich, erwachsen zu sein, das heisse, Dinge klipp und klar zu benennen, ohne zu zögern. Ich dachte, eines Tages würden sich meine Zweifel auf wunderbare Weise verflüchtigen, einfach nur weil ich erwachsen wäre. Als Teenager beschloss ich, mein

Eintritt ins Erwachsenenleben müsse mit einem markanten Ereignis zusammenfallen. Mein achtzehnter Geburtstag schien mir der geeignete Moment zu sein: Führerschein, Wahlrecht, Universität, Unabhängigkeit ... nichts als schöne Worte! Achtzehn, das ist vor allem das Alter der Entscheidungen, der Ängste, der Möglichkeiten und der verpassten Chancen. Mit achtzehn zweifelte ich nur, und es gefiel mir. Als Nächstes dachte ich, man würde erwachsen, wenn man ins Berufsleben eintritt. Doch so, wie es jetzt aussah, würde man wohl nur durch Heirat erwachsen. Ich teile meine Überlegungen Clothilde mit, die nur darüber lacht.

»Leute wie wir werden nie erwachsen. Selbst wenn du verheiratet bist, wirst du noch immer von Zweifeln zerfressen.«

»Aber mit der Einsamkeit wäre es dann vorbei.«

»Man kann auch zu zweit einsam sein. Man kann ein Paar sein und sich doch einsam fühlen.«

»Und wozu ist das Ganze dann gut?«

Sie lacht.

Ich hätte Gabriel heiraten sollen. Ich war damals zwölf und wahnsinnig verknallt in ihn. Wir beide waren regelmässige Benutzer einer kleinen Bibliothek unseres Viertels, die den Drohungen der terroristischen Gruppen widerstanden hatte. Gabriel, blond und blauäugig, hatte eine französische Mutter und einen algerischen Vater. Die kleinen Mädchen versuchten immer, nach seinen seidigen blonden Haaren zu haschen, die für sich allein genommen schon ein Aufruf zum Mord waren. Er stotterte heftig. Dafür liebte ich ihn nur umso mehr. Mit aller Gewalt. Da ich manchmal noch in der Bibliothek herumtrödelte, während mein Vater längst am Eingang auf mich wartete, redete er schliesslich mit meiner Mutter. Er wollte mit seiner Tochter nicht darüber diskutieren müssen, welche Risiken von der Männerwelt ausgingen.

Gabriel, der kleine Blondschopf mit den grossen blauen Augen, der alle drei Sekunden zu stottern begann, versetzte meine Mutter in Angst und Schrecken. Eines Tages bat sie mich nach dem Mittagessen, ihr zu helfen, das Geschirr wegzuräumen. Mein Vater verschwand verlegen ins Wohnzimmer. Meine kleine Schwester entwarf derweil Brautkleider im Kinderzimmer. Meine Mutter war eifrig zwischen Kochstelle und Esstisch zugange. Nachdem das ganze schmutzige Geschirr im Spülbecken gestapelt war, drehte sie sich zu mir um und lächelte nervös, bevor sie anfing, mir die Dinge des Lebens zu erklären: *Also Gabriel?* Ich, in der Defensive und schon von einem Schamgefühl beschlichen: *Was soll denn sein mit Gabriel?*

Ich will mich gar nicht daran erinnern, was sie mir alles gesagt hat. Ich wurde krebsrot und versuchte, die Ohren auf Durchzug zu stellen. Es ist so eine Sache mit dem Gehör. Man kann die Augen verschliessen oder den Blick abwenden, kann aufhören, durch die Nase zu atmen, und es vermeiden, Dinge zu berühren, aber wenn man sich nicht gerade die Ohren mit beiden Händen zuhält, so dass jeder es sehen kann, kann man nicht umhin, sich anzuhören, was die Mutter einem von den Gefahren erzählt, in die sich ein junges Mädchen aus gutem Hause begibt, wenn es Kontakt zu einem Jungen hat, ganz gleich, ob er aus gutem oder schlechtem Haus ist. Sie hat von Gott und vom Teufel geredet, von meinen Tagen, von Mädchen, die Schande über ihre Familie brächten, von der Würde meines Vaters und von vielem mehr. Zehn Jahre später sollte sie mir das Gegenteil erzählen und mir erklären, dass es sich mit der Würde meines Vaters keineswegs so verhalte, wie ich gedacht hätte. Ich wüsste ja gar zu gern, was Demoiselle Clothildes Mutter damals ihrer Tochter erzählt hat.

Meine Mutter konnte sagen, was sie wollte, es war mir egal.

Ich hatte mich entschieden, Gabriel für immer und ewig zu lieben, aber er hatte anderes beschlossen. Und für die Liebe braucht es immer zwei, sonst ist es keine Liebe, sondern vergebliche Liebesmüh.

Wenn die Leute so sentimental von ihrer Jugend daherreden, überläuft es mich immer ganz kalt. Ich für mein Teil bin auf keine zweite Chance erpicht, habe kein Interesse daran, die Zeit zurückzudrehen, zurück zu den verlegenen Vorträgen meiner Mutter, der Schule und den ganzen Impfterminen, zu den Nächten von damals und den Zähnen, die einem ausfallen, so dass man ständig fürchten muss, sie wüchsen nicht mehr nach.

All diese kleinen Erinnerungen, sie wiegen so schwer, ziehen mich nach unten wie die Steine in meinen Jackentaschen. Sie lassen vergangenes Liebesleid aufflammen und krampfen einem das Herz zusammen.

Am Samstag habe ich beschlossen, mir wieder ein Sandwich beim Griechen zu holen. Ich habe mir die Haare gewaschen und eine Keratinmaske aufgetragen, um meine Locken zu bändigen. Ich habe mir die Beine und die Achseln rasiert. Mir die Augenbrauen und den Flaum auf meiner Oberlippe gezupft. Dann die kleinen roten Flecken mit in Olivenöl getauchten Wattebäuschen betupft. Ich habe eine Feuchtigkeitscreme aufgetragen, die ich nur zu besonderen Gelegenheiten benutze, da der Tiegel stolze sechzig Euro kostet. Ich war beim Friseur und habe ihn gebeten, mein Haar zu glätten. Er hat mir die Haare gleich noch mal gewaschen, denn ich hatte nicht gründlich gespült, und mir die Kopfhaut massiert. Um dreizehn Uhr dreissig war ich wieder zu Hause, frisch epiliert, mit samtiger Haut und perfekt frisiert. Ich habe meine Augenbrauen gebürstet und schwarze Mascara aufgetragen. Ich habe sehr aufgepasst, denn ich hatte in irgendeiner Zeitschrift gelesen, dass Wimpern nicht wieder nachwachsen. Es gibt nichts, was seltener und kostbarer wäre.

Ich werde meinem Bräutigam zur Hochzeit Wimpern schenken.

Ich habe mir die Lippen angemalt und ein Blümchenkleid angezogen. Es ist grässlich, eine Frau zu sein, egal in welchem Land. Frausein, das heisst, Haare zu haben, einen Kopf, einen Körper, Arme und Beine. Jede Menge Dinge, um die man sich kümmern, die man vorhersehen, bedenken muss. Man unterschätzt gern die Wirkung, die ein Fuss auf ein ganzes Leben haben kann.

Auf dem Weg zu meinem Sandwich überlegte ich mir, worüber ich mit dem Griechen wohl reden könnte. Was sollte ich ihm erzählen? In ein paar Tagen findet die Verlobung meiner kleinen Schwester statt. Ein toller Gesprächsstoff. Oder auch nicht. Manche Menschen führen ein faszinierendes Leben, ich eher nicht. In einem Werbespot für Handys wird eine Gruppe Jugendlicher mit seidigem Haar und weissen Zähnen gezeigt. So war ich noch nie. Caroline dagegen ist genau so. Wenn sie zum Bäcker geht, um ein Baguette zu kaufen, läuft ihr natürlich Stéphane Bern* mit seinem Hund über den Weg, der ihr auf den Schuh kackt. In der Vorschule, bei den Grossen, war sie in derselben Gruppe wie der kleine Cartier. Er schenkte ihr seine Schokocroissants und hielt am Ausgang ihre Hand. Ich hatte damals

* Berühmter französischer Fernsehmoderator und Schriftsteller (geb. 1963), spezialisiert auf die Geschichte europäischer Königshäuser.

Rachid, den Sohn der Bäckerin. Er roch nach Schweiss und kratzte sich mit seinem Plastiklineal am Kopf. Wenn wir die algerische Flagge ausmalten, dann malte er schon mal über den Rand, was er mit Spucke und dem blauen Ende vom Radiergummi auszubessern versuchte. Das gab dann ein Loch. Ein schmieriges Loch. Ein feuchtes Loch. Rachids Loch. Das Loch war wie er: feucht und traurig. Mein angewiderter Gesichtsausdruck brachte ihn bloss zum Kichern. Ein Kichern, unterlegt von Gefiepe. Der kleine Cartier hatte bestimmt kein solches Loch, da bin ich mir sicher. Seidiges Haar, weisse Zähne … Man kommt gegen diese Leute nicht an. Das Leben steht auf ihrer Seite …

Ich könnte jetzt lügen, aber ich habe schon viel zu viel Zeit in dem kleinen Restaurant verbracht. Der Grieche dürfte mich inzwischen besser als meine eigene Mutter kennen. Ich könnte ihm von zu Hause erzählen, von den Kindern, die mit stolzer Miene, aggressivem Blick, schüchtern am Strassenrand stehen, in praller Sonne, und einem Wasserflaschen entgegenhalten, für die sie nur ein paar Münzen verlangen. Und von den Stränden könnte ich ihm erzählen, die manchmal menschenleer, dann wieder völlig überfüllt sind, und von den Frauen, die im Sand sitzen und anderen Frauen beim Schwimmen zusehen. Und von dem weiss-rosa gestromten Stein in Herzform, den ich eines Nachmittags unter einem knorrigen, halbverdorrten alten Olivenbaum gefunden hatte, ein kleiner Talisman, den ich jahrelang sorgsam aufbewahrte, bevor ich ihn bei einem Umzug verlor. Ich würde die Geschichte auf meine Art erzählen. Gewisse Episoden aus meiner Jugend würde ich stillschweigend übergehen, die Jungs, die mich zu begrapschen versuchten, die Polizisten, die sich in Geier verwandelten, die jungen Leute, die sich zwischen Parallelwelten verloren, die roten Ameisen, die einem die Haut zerstachen, die Kinder, die das Spielen verlernt hatten, weil die Träume uns viel zu früh verliessen, die sich verkrümmenden Palmen, die Spatzen, die sich vor uns versteckten, weil sie uns nicht mehr sehen konnten, die Hausaufgaben bei Kerzenschein, wenn der Strom ausfiel. Auch von meinem geistig verwirrten Grossvater würde ich nichts erzählen, nichts vom sonnversengten Gras, nichts von den Duschbädern um Mitternacht, wenn es endlich wieder nass aus dem Wasserhahn kam, nichts vom gelbblütigen Sauerklee, dessen Stiele wir aussaugten, unbekümmert um den Urin der Strassenkatzen. Doch den unermesslichen Himmel, den würde ich ihm beschreiben, im Arabischen ein einziges Gedicht, buntstiftblau und strahlend vor Hoffnung, einen Himmel, wie man ihn in diesem Europa, dem all unsere Sehnsucht galt, vergeblich sucht.

Und ich könnte ihm auch von meiner Mutter erzählen. Da habe ich jede Menge Geschichten parat. Auf Englisch, Französisch, Arabisch …

Mein Telefon klingelt just in dem Moment, in dem ich das kleine Restaurant betreten will.

»Hier ist deine Mutter.«

»Ich weiss, Mama, dein Name erscheint auf dem Display, ich habe es dir schon mal erklärt …«

»Was tust du gerade?«

»Nichts.«

»Was soll das heissen, nichts? Bist du unterwegs? Ich weiss, dass du unterwegs bist, ich höre Autos.«

»Ja, ich bin unterwegs.«

»Warum bist du nicht auf der Arbeit?«

»Weil heute Samstag ist!«

»Pass auf dich auf, wo gehst du denn hin?«

»Ich bin auf dem Heimweg. Ich stehe schon vor dem Haus. Ich muss jetzt Schluss machen.«

Und plötzlich ist alles egal, weil am Tresen schon eine junge Frau sitzt, blond und hochgewachsen, dazu vollbusig, die sich lebhaft mit dem Griechen unterhält.

Wenn ich eine alte Jungfer bin, dann nur wegen meiner Mutter, die mich permanent anruft, und wegen der Würde meines Vaters, derentwegen die Sache mit Gabriel in die Brüche gegangen ist.

Ich habe ein Sandwich bestellt. Aber es gab keine Extraportion Fritten gratis dazu. Ich bin mit meiner feuchtigkeitscremeverwöhnten Haut, meinen gebürsteten Augenbrauen und meinen samtweichen Händen wieder hoch in meine Wohnung geschlappt. Habe mich vor den Fernseher gesetzt und mein Blümchenkleid mit Mayonnaise bekleckert. Über der fettverschmierten Alufolie bin ich dann eingeschlafen.

Mitten in der Nacht bin ich wieder aufgewacht und habe das Fenster geöffnet, um meinen Olivenbaum zu giessen. Ich hatte die blöde Pflanze komplett vergessen. Ich hatte sie vor sechs Monaten gekauft, weil ich mich so allein fühlte, aber nicht einsam genug, um ein Tier zu adoptieren. Ein Olivenbaum schien mir ein guter Kompromiss zu sein. Caroline hatte mir dazu geraten, wohl wissend, dass ich im Gegensatz zu ihr nicht gerade einen grünen Daumen habe. Ein Olivenbaum kann aus eigener Kraft überleben. Man muss ihn nur ab und zu einmal giessen. Ich habe auf dem Fensterbrett ein totales Chaos angerichtet. Das halbe Wasser ist auf den Balkon des Nachbarn geflossen. Ich habe schnell wieder das Fenster zugemacht. Es ist kalt, und es riecht nach Zwiebeln bei mir.

Nur noch eine Woche bis zur Verlobung meiner kleinen Schwester. Auf allen Strassen sind die Menschen zu zweit oder mit einem Kind an der Hand unterwegs.

Caroline hat mich auf eine heisse Schokolade eingeladen und mir eröffnet, dass sie zu heiraten gedenkt. Im nächsten Sommer. Sie hätte mich gern als Brautjungfer dabei. Sie liebt mich heiss und innig und wünscht sich so sehr, dass ich an ihrem Glück teilhabe. Ich habe mein Gesicht von ihr weggedreht, so weh hat es getan, und den Regentropfen zugeschaut, die in langen Linien über die Scheibe flossen, einer schneller als der andere, dann zueinanderfanden und sich vereinigten. Man sollte doch behutsam vorgehen, wenn man seine Hochzeitspläne kundtut, oder etwa nicht? Hätte sie Steine aus meiner Tasche gestohlen und mir mitten ins Gesicht geschmissen, es hätte weniger weh getan. Die Angst in meinem Bauch steigt bis zur Gurgel hoch, nistet sich ein zwischen Tränenkanal und Kehle. Eine Angst so stark wie die, wenn Mama zu ihrem jährlichen Besuch in Paris anrückt, meine sämtlichen Schubladen und Schränke inspiziert und meine Taschen durchwühlt.

Schliesslich habe ich Caroline dann doch gratuliert und sogar ein Lächeln zuwege gebracht.

Mir entgeht nicht, wie sehr sie ihre Freude zügelt, weil sie fürchtet, mich zu verletzen. Oder erinnert sie sich nur an die Tragödie von Pithiviers und hat deshalb Angst? Sie lächelt mich aus grossen freundlichen Christenaugen an. Eine Heilige, dieses Mädchen. Und schon jetzt hat sie den Wahnsinnsblick dieser Mädchen, die ihre linke Hand hinhalten und ja sagen werden.

In meinem Körper tobt Kabul. Das Kabul der frühen 2000er Jahre.

Am liebsten würde ich mich auf der Stelle nach Algier beamen, zurück zu Amina, und mit ihr herumalbern wie damals auf dem Collège.

Nachdem ich mich endlich von Caroline losmachen konnte, habe ich rasch auf meinem Handy nachgeschaut – für den Fall, dass Gabriel sich an mich, das kleine Arabermädchen aus seiner Kindheit, erinnert hätte. Vielleicht hatte er ja angerufen, um mir seine Gefühle zu gestehen und mich anzuflehen, zu ihm zu kommen. Aber da sind nur zwei Nachrichten auf meinem AB: von Françoise und von meiner Mutter. Meine Mutter und Françoise. Pest oder Cholera.

Ich bin's … Deine Mutter … Schläfst du? Warum gehst du nicht ran? Schläfst du? Hier spricht deine Mutter.

Madame, Sie haben vergessen, das Bestellformular für Büromaterial zu unterschreiben. Sie haben keine Heftklammern mehr. Ich erlaube mir, Sie daran zu erinnern, dass ich morgen nicht im Büro sein werde, da bin ich bei der Taufe meines Enkels.

Soll sie doch zum Teufel gehen mit ihren Heftklammern, ihrem Enkel und der Taufe.

Ich bin nach Hause gegangen. Mein Olivenbaum scheint dem Kälteeinbruch zu trotzen. Er hat Glück, er hat mich, die ich mich um ihn kümmere, er braucht nirgends nach Trost zu suchen oder sich Sorgen um seine alten Tage zu machen. Ich werde immer für ihn da sein, ihm Wasser geben und über sein Wohlergehen wachen.

Ich habe mein verpickeltes, verschmutztes Gesicht abgeschminkt. Habe mir die Zähne geputzt und bin mit violetten Wollstrümpfen unter die Bettdecke gekrochen.

Ich habe geträumt, dass mein Olivenbäumchen mich geohrfeigt hat. Ich habe mich noch nicht einmal gewehrt.

Mir bleiben nur noch fünf Tage, bis ich nach Algier fliege, fünf Tage, um den Griechen wiederzusehen und eine Geschichte anzufangen, die mich vor dem Getuschel meiner falschen Freundinnen, Cousinen und Tanten, meiner Schwester und Mutter bewahrt. Eine knappe Woche, um mein Haar glätten zu lassen.

Fünf Tage, um eine Entscheidung darüber zu treffen, was für eine Person ich gern wäre.

Vielleicht sollte ich blond werden. Ich habe mich bisher nicht getraut, diesen Schritt zu tun. Ich vegetiere so dahin mit meinem schwarzbraunen Schopf, der so gar nicht glänzt, so gar nicht seidig ist.

Manchmal gehe ich zum Friseur und blättere verstohlen in einem Musterkatalog mit allen möglichen Farben, aber dann schwindet mein Mut, und ich lasse mir nur die Haare nachschneiden.

Lange Zeit stand meine Mutter der Verwendung kosmetischer Produkte, die anderen Zwecken als der Reinigung dienten, absolut ablehnend gegenüber. Meine ganze Jugend hindurch achtete sie streng darauf, dass ich nur ja nichts davon kaufte. Wie konnte sie nur denken, ich würde eines Tages heiraten, wenn sie mir ständig verwehrte, mich ein bisschen hübsch zu machen? Während jener Phase meines Lebens wollte sie, dass ich mich ausschliesslich aufs Lernen konzentrierte, und dachte wohl, das Abitur zöge automatisch die Hochzeit nach sich. So war es vermutlich zu ihrer Zeit, in den siebziger Jahren. Damals, unter Boumédiène als Staatspräsident, war Algerien ein entwickeltes Land, und die Hochzeiten wuchsen auf Bäumen, die von der Polizei gepflanzt worden waren.

Ihre Einstellung zur Hochzeit als Sinn des Lebens hat meine Mutter bis heute nicht geändert, ihre Einstellung zur Kosmetik indes schon, und zwar unter dem Eindruck zweier Ereignisse: ihrer ersten grauen Haare und der Predigt eines Imams, der im nationalen Fernsehen freitags seinen eigenen Sendeplatz hat.

Die Meinung des Imams zum Haarefärben war glasklar: *Ist es halal, sich die Haare zu färben? Ja, meine Schwester, Haarefärben ist sehr wohl halal. Färb ruhig dein Haar, meine Tochter, färb es blond, färb es rot oder auch rosa, wenn es das ist, was deinem Ehemann gefällt. Gott wird dir einen Extrabonus gewähren, wenn du deinem Ehemann damit eine Freude machst, wenn es ihn glücklich macht. Eine Frau kommt nur dann ins Paradies, wenn sie ihrem Ehemann Freude macht. Dein armer Mann trifft an jeder Strassenecke Frauen, die ihn in Versuchung führen: blonde, rothaarige, brünette, grosse, kleine, hüftenschwingende, zierliche, parfümierte … Er geht zur Arbeit. Er sitzt an seinem Schreibtisch und links von ihm Soussou, rechts Loulou, hinter ihm Gigi und vor ihm Fifi. Dann kommt er nach Hause, und wen trifft er dort an, der arme Mann? Dich, das Hausmütterchen, das nach Zwiebeln und Harissa stinkt, in einem sackartigen Gewand. Er verliert den Verstand. Ihr modernen Frauen habt doch Kosmetik in Hülle und Fülle zur Verfügung, um euren Ehemännern Freude zu machen. Ihr könnt euch nicht mehr herausreden. Früher hatten die Frauen nur kaltes Wasser, Kajal und Henna. Wenn ihr Mann von der Arbeit heimkam, war das Erste, was sie taten, ihm die Füsse zu waschen. Heute findet ihr in wirklich jedem Laden Hunderte kosmetischer Produkte. Ihr könnt euch kunterbunt einfärben, wenn ihr das wollt. Aber was tut ihr? Ihr unternehmt keinerlei Anstrengung für eure Ehemänner. Und wenn sie euch verlassen, dann kommt ihr und beklagt euch bitterlich.*

Caroline ist blond und ihre Haut makellos. Sie könnte in jedem Werbespot für Kosmetik auftreten.

Ich aber kämpfe seit fast dreissig Jahren darum, mit Hilfe von Puder, Cremes, Pinseln, Sprays und Sprühdosen, Tuben, Flakons und Ampullen wenigstens ansatzweise einen gerechten Ausgleich herzustellen. Ich bin eine wandelnde Werbefigur für Kosmetika. Ich bin das Mädchen aus der Zeit davor. Bevor die Mittelchen ihre Wirkung entfalten.

Als ich vier war, habe ich morgens immer geweint, wenn es Zeit war für die Vorschule. Ich erinnere mich noch, wie ich von einem Bett auf Rädern träumte. Die anderen Kinder hatten bestimmt alle eins, dessen war ich mir sicher. Das Bett verwandelte sich im Nu in einen schnittigen Rennwagen, und ich musste weder aufstehen noch mich anziehen. Ich blieb gemütlich unter meiner Decke liegen. Das Bett fuhr vom Kinderzimmer bis in den Klassenraum, blieb direkt vor der Tafel stehen, mit mir drin, noch immer warm eingepackt.

Wenn Mama mich weckte, wimmerte, brüllte und strampelte ich wie wild. Einmal, da habe ich sie sogar gebissen. Aber die Pflicht, ihr Kind zur Schule zu bringen, wog schwerer als der Abdruck meiner kleinen Zähne auf ihren Armen.

Um mich zu beschwichtigen, versprach sie mir eine Barbiepuppe für den Abend. Das besänftigte mich. Ich ging mit dem Ranzen auf dem Rücken zu meinen kleinen Kameraden. Setzte mich auf mein Stühlchen und schrieb Buchstaben von der Tafel ab. Ich versuchte, meinen Geist zu beschäftigen, der riskante Purzelbäume schlug, hin und her flitzte, mit bunten Ringen jonglierte. Ich zählte die Jungs und die Mädchen und hoffte, es liefe auf eine gerade Zahl hinaus. Ich zählte die Bäume im Hof, die ich durchs Fenster sehen konnte. Ich zählte die Karos auf der Bluse unserer Lehrerin. Und endlich, endlich war der Tag vorbei, und ich durfte diesen traurigen Ort verlassen, an dem so viele Wesen gegen ihren Willen auf engstem Raum zusammengepfercht waren.

Am Ausgang stand Mama mit leeren Händen, ohne eine Barbie. Sie vertröstete mich auf den nächsten Tag. Und ich glaubte ihr.

Das griechische Restaurant ist geschlossen. Die Blondine hat vermutlich längst ihren Diamantring am Finger.

Françoise ist wütend. Der Herausgeber hat sie beauftragt, die von mir ausgewählten Illustrationen mit den zugehörigen Lizenzverträgen zusammenzuheften. Doch ich habe die Bestellung von Büromaterial im Wert von achtundneunzig Euro noch immer nicht gegengezeichnet. Es sind keine Heftklammern mehr da. Mir ist das schnurzpiepegal. Sie kann nicht alles haben, einen Ehemann und dazu noch Heftklammern.

Der Grieche ist zurück. Ich habe zwei Sandwiches gekauft, eins für Clothilde. Ich habe mich um Distanz bemüht. Er hat mir mit traurigem Lächeln Fritten spendiert. Ich weiss nur zu gut, dass er nichts dafür kann: Blondhaarige rauben einem den Verstand.

Demoiselle Clothilde hat mir gestanden, dass sie einen Liebhaber hat. Es ist der Blonde, dessen Haare wild zu Berge stehen. Ich habe es nicht übers Herz gebracht, ihr deshalb böse zu sein.

Frittenmampfend bin ich in meine Wohnung hochgegangen.

Inzwischen führe ich schon Selbstgespräche. Ich habe mich nicht mehr im Griff. Zunehmend nagt die Einsamkeit an mir.

Meine Ängste übernehmen das Regiment über mein Leben. Sie versichern mir, es sei zu spät. Erinnern mich daran, dass meine Freundinnen vom Gymnasium schon seit etlichen Jahren Mütter sind. Sie attackieren mich frontal. Sie raten mir, mich auf einem Datingportal anzumelden, einen alten Cousin zu heiraten, meine Mutter um Hilfe zu bitten.

Meine Ängste setzen mir zu, flüstern mir ein, wie sehr die Zeit dränge. Lassen sich nicht abwimmeln. Wollen, dass ich in Torschlusspanik gerate. Tag für Tag trichtern sie mir ein, dass ich einen einsamen Tod sterben würde, dass diese Welt nur für Paare gemacht sei und es darin keinen Platz für Frauen wie mich gebe.

Im Morgengrauen läutet das Telefon. Ich ziehe eine Hand unter der Bettdecke hervor und fische nach meinem Handy.

»Hier ist deine Mutter.«

»Ich weiss!«

»Ich war gestern mit deiner Schwester einkaufen, und wir haben wunderbare Seidennegligés gefunden. Du wirst sehen, wie schön sie sind. Ich habe dir auch eins gekauft, für deine Aussteuer.«

»...«

»Du sagst ja gar nichts ... Bist du krank? Bist du allein?«

»Wer soll denn schon bei mir sein?«

»Ich hoffe, du machst keine Dummheiten ...«

»Nämlich?«

»Wie ›nämlich‹?«

Tausendundein Szenarien ziehen an ihrem inneren Auge vorbei. Von der Vergewaltigung bis hin zur fürstlichen Hochzeit mit einem saudischen Emir ist alles drin.

Ob die Mörderin von Pithiviers wohl eine Mutter hatte?

Ich bin so weit. Bereit für die Rückkehr nach Algier. Bereit, mit anzusehen, wie meine kleine Schwester einen grossen Schritt hinein ins Leben tut. Meine Koffer sind gepackt, meine Akten sortiert, meine Haare frisch geglättet. Nur noch drei Tage bis dahin.

Ich sitze auf der Bank am Karussell. Es ist früher Abend und der Platz völlig leer. Keine Spur von Demoiselle Clothilde. Ein Clochard hat anerkennend gepfiffen, als er mich gesehen hat, hat mich Puppe genannt und mir ein Kompliment zu meinem schönen rosa Schal gemacht.

Als ich klein war, kaufte Mama mir alles in Rosa. Sie war wie besessen davon. Rosa ist die Farbe kleiner Mädchen. Mädchen, die Rosa tragen, sind feminin. Feminine Mädchen heiraten. Meine Tochter, du solltest nur noch Rosa tragen. Und wenn man auch die ganze Nacht vor den Geschäften anstehen muss, denn die neunziger Jahre in Algerien sind nicht die Jahre Boumédiènes. Auf den Bäumen wachsen keine Hochzeiten mehr, und die Geschäfte sind leer.

Das letzte Mal mit meinem Vater. Er erzählte mir von einem Erlebnis aus seiner Kindheit. Er mochte so um die sechs Jahre alt sein. Er sass auf der Türschwelle. Betrachtete den Himmel und vergnügte sich damit, in den Wolken Formen zu sehen. Plötzlich schob sich eine Wolke heran, die ihm wie ein majestätisches Antlitz mit langem Bart vorkam. Mein Vater lief schreiend ins Haus zurück. Völlig erregt schrie er seinen Vater an, er habe Gott gesehen und sei jetzt ein Prophet. Mein Grossvater zog ihm eins mit seinem Knotenstock über und brummte nur, er tue besser daran, lesen zu lernen.

Clothilde hat recht, wenn sie von vollkommenen kleinen Momenten spricht.

Yacine hat angerufen. Mich angerufen. Und einen Vorschlag gemacht: »Hast du Lust auf einen Kaffee?«

Ich habe ja gesagt. Es ist idiotisch, sich wegen eines Yacine und einer Tasse Kaffee derart anzustellen. Es ist idiotisch, aber mein Herz klopft wie wild, ich lege Lippenstift auf und sause los, um ihn zu treffen.

Ich hatte gehofft, Yacine würde aufstehen und mir den Stuhl zurechtrücken, aber nichts dergleichen. Er redet viel, als ob es ihm unangenehm wäre, einen Moment lang zu schweigen. Er schwafelt etwas von Füchsen, weil er am Vormittag einen Artikel über das Auftauchen wilder Füchse mitten in Paris gelesen hatte. Er betont, dass man keine Angst vor ihnen haben müsse, dass sie keine Menschen angriffen und sich vorrangig von Feldmäusen, Spitzmäusen oder auch Milch ernährten, so sie denn welche fänden.

Ich gebe mich beeindruckt: »Das wäre doch was, wenn hier so ein Fuchs zur Tür hereinkäme, sich an den Tresen stellte und einen Espresso verlangte.«

Yacine wirkt entsetzt. »Also hör mal … wenn hier ein Fuchs hereinkäme, dann könnte der sich gar nicht an den Tresen stellen, weil er nämlich nicht auf zwei Beinen stehen kann. Weisst du das denn nicht? Und selbst wenn er es könnte – mal vorausgesetzt, er würde es auf wundersame Weise schaffen, aufrecht stehen zu bleiben –, dann würde er doch keinen Kaffee verlangen, weil das nämlich nicht zu seinen Ernährungsgewohnheiten gehört.«

In genau diesem Moment geht mir auf, dass ich von Yacine eigentlich nur die fleischliche Hülle mag. Doch mein Begehren gilt jemand anderem, einem, der magisch und fremd wäre, der mich an das kleine Haus am Meer denken liesse und an die Salzspuren auf unseren Schultern. Ich schaue zum Fenster und stelle fest, dass es zu regnen beginnt. Wassertropfen peitschen die Scheiben. Yacine redet und redet, und ich spüre, dass da ein Riss ist. Ich bin hier, neben ihm, aber ich denke nur an die Wassertropfen, an ihre wilde Kraft und Schönheit.

Ich werde diesen Mann nicht wiedersehen, der keine Lust hat, dem Regen zuzuschauen. Meiner Mutter wird es das Herz brechen.

Ich träume von einem Mann, der die alten Rockbands mag, die heute kein Mensch mehr hört. Der mich in meinem löchrigen Lieblings-T-Shirt und meinen Wollstrümpfen ins Bett gehen lässt. Der früh um vier aufwacht, um das Olivenbäumchen zu giessen, weil er weiss, dass ich das immer wieder vergesse. Der den Tieren erlaubt, Kaffee zu trinken. Der mir meine Fritten kauft. Der keine Langeweile kennt. Der Miller, Salinger und Desnos gelesen hat. Und auch Kateb, Mammeri und Machfus. Der im Morgengrauen mit mir in den Zug steigt, ohne zu wissen, wohin die Fahrt geht. Dem es egal ist, ob der Joghurt nur bis zum Vortag haltbar war. Der gleichzeitig zürnen und lachen kann. Der falsch singt. Der das Meer und das Landleben liebt und vielleicht auch noch die Berge.

Der das Gnadengesuch für die Mörderin von Pithiviers unterschreibt.

Morgen, da ist der grosse Tag. Der Tag der Rückkehr nach Algier. Zu all den vergrabenen Erinnerungen. Zeiten und Orte werden mich anspringen, mit brutaler Klarheit, Gerüche mich überwältigen, und ich werde nichts dagegen tun können. Morgen werde ich die Strasse vom Flughafen zur Wohnung meiner Eltern fahren und an die vielen Male denken, da ich mit meinem Vater dort entlanggefahren bin. Aufgeregt werde ich sein.

Vor seinem Tod bewegte mein Vater sich kaum noch aus dem Haus. Er war völlig abgemagert und verlor seine Haare. Er sagte, sein Leben gehe dem Ende zu. Meine kleine Schwester und ich widersprachen, das stimme doch nicht, er habe doch noch so viel Kraft, und dann *war er doch auch unser Papa, also wirklich!*

Um ihn zum Lachen zu bringen, hatten wir, seine zwei Töchter mit ihren langen Haaren, ihn einmal zum Friseur begleitet. Wir hatten rechts und links neben unserem Vater Platz genommen und vom sprachlosen Friseur denselben Schnitt wie unser Papa verlangt. Doch er weigerte sich, unsere braune Lockenpracht zu kappen. Er hatte Angst vor meiner Mutter. Er erklärte uns, dass sich kein Mann mehr für uns interessieren würde. Wir beruhigten ihn lachend, dass dem schon jetzt so sei. Irgendwann griff er resigniert zu Stielkamm und Schere. Als wir den Salon verliessen, waren wir mächtig stolz auf uns. Papa war bester Stimmung. Seine zwei grossen Mädchen, die kaum noch Haare auf dem Kopf hatten. Seine grossen Mädchen in Jeans, T-Shirt und Turnschuhen. Er lachte so fröhlich, und das wog allemal die entsetzten Schreie unserer Mutter auf, die zwei fast kahlgeschorene Töchter zurückbekam.

Als mein Vater starb, brach meine Schwester in Tränen aus und liess sich von unseren Verwandten trösten. Ich war in der Mitte des Zimmers, vermochte weder zu sitzen noch zu stehen. Tagelang waren Freunde, Familie, Nachbarn, Unbekannte um uns herum zugange und gaben uns ein irgendwie tröstliches Gefühl. Die Kinder schliefen, erschlagen von all dem Kommen und Gehen. Eine grosse Woge des Kummers blieb in uns zurück. Für sehr lange. Die anderen sagten, unser Vater leide nun nicht mehr. Die alten Tanten beklagten diese armen Mädchen, die eines Tages ohne seinen Beistand heiraten müssten. Man versprach uns, die Zeit heile alle Wunden. Wir gaben keine Antwort. Hatten keine Antwort. Meine Schwester und ich, wir waren nicht bereit, unseren Vater zu verlieren. Wir mochten auch nicht an früher zurückdenken. Weder die schönen noch die traurigen Erinnerungen heraufbeschwören. Das war nicht der Moment. Wir mussten den Stich, den es uns mitten ins Herz versetzt hatte, erst ein wenig verheilen lassen.

Mein Vater war eine Persönlichkeit gewesen. Mein Vater, das waren morgendliche Gerüche und Geräusche in der Küche, wenn er Kaffee für meine Mutter kochte, das war Zeitungsgeraschel, ständige Erschöpfung.

Papa, das war ein kalter Wintermorgen: In Algier dauert der Winter zwar nur wenige Wochen, aber er lähmt die ganze Stadt.

Ein paar Schneeflocken treiben durch die Strassen, schmelzen dahin, bevor sie den gefrorenen Boden erreichen. Vom Fenster aus sehe ich Kinder, die der Kälte trotzen und andächtig nach den weissen Flocken haschen, die so selten und so kostbar sind. Papa und ich sitzen auf dem alten Polstersofa und blicken bewundernd auf den Schnee, wie er sein Winterquartier bezieht.

Die Kälte zwingt uns, uns ganz eng aneinanderzuschmiegen.

Ich habe Yacine geschrieben, um ihm zu erklären, was ich empfand, und überraschenderweise liess ich nichts unerwähnt. Ich habe ihm vom Bummel mit beschwipsten Freunden durch ein ausgestorbenes, morgengraues Paris erzählt, von meiner Einsamkeit inmitten dieser Gruppe und der Freude, als ich auf einem Geländer plötzlich kleine rote Ameisen entdeckte und mir so war, als reiche Algier mir die Hand. Diese kleinen Ameisen, die mich immer aufweckten, wenn sie auf meiner brennenden Haut herumkrabbelten. Ich habe ihm auch die pechschwarze Pariser Nacht beschrieben, die kein Stern je erhellt und die mir wie ein Verzicht auf jegliche göttliche Hoffnung vorkam. Ich habe ihm anvertraut, dass mein Grossvater zu der Zeit, als er wirr im Kopf wurde, nachts, während ich schlief, immer in mein Zimmer kam und mein Gesicht berührte, um zu prüfen, ob ich noch atmete. Ich schrie dann immer laut auf, zutiefst erschreckt von diesem schmächtigen, über mein Bett gebeugten Greis zu einer Stunde, da nur Albträume Zutritt haben. Ich erzählte Yacine, dass ich auf all das niemals würde verzichten wollen.

Nachdem ich meine Mail abgeschickt hatte, war mir plötzlich klar, dass ich mit ihm nie im Leben die Erinnerung an die flirrenden Lichter am schwarzen Himmel würde teilen können, auch nicht die an die kleinen roten Ameisen meiner Kindheit oder die Erinnerung an Papa, der mich beruhigen und mir die Tränen trocknen kam, wenn er seinen Vater in dessen Zimmer zurückgebracht hatte.

Ich wünschte mir so sehr, Papa wäre hier, mit seiner Würde, die er meiner Obhut überlassen hatte, als ich noch klein war, und an der ich so schwer zu tragen habe.

Der letzte Morgen. Der Wecker, den ich ausstelle. Der Traum, an den ich mich zu erinnern versuche. Da waren riesige rote Köpfe mit Glupschaugen, dessen bin ich mir sicher. Kinder liefen durch menschenleere Strassen, stiessen gegen weissgekalkte Mauern. Ein verdorrter Olivenbaum rief nach Wasser. Eine alte Frau pflanzte bunte Steine und kicherte vor sich hin. Sie gab vor, auf diese Art die Welt zu retten. Und vielleicht war da auch jemand, der das alles mit mir zusammen betrachtete.

Eines Tages werde ich Ordnung in meine Träume bringen müssen.

Wie gerädert bin ich aufgewacht, hatte noch die Kleider vom Vortag an. Ich bin auf die Post getreten, die vor der Tür herumlag. Nichts Wichtiges: Mahnungen wegen unbezahlter Rechnungen, eine Reklame für ein Sushirestaurant, ein Preisausschreiben, das einen Urlaub auf Mauritius verhiess … Mein Blick ist über die Unordnung im Zimmer geglitten. An meinen kleinen Koffern neben der Tür hängengeblieben.

Ich habe die Augen geschlossen. Plötzlich waren die Strassengeräusche sehr viel deutlicher zu vernehmen: Vogelgezwitscher, Motorenknattern, die Einkaufswägelchen auf dem Bürgersteig, das quietschende Rolltor einer Garage. Ich bin zum Fenster gegangen und habe es zugemacht. Ich habe auf Paris hinausgeschaut.

»Hier ist deine Mutter!«

»…«

»Du kommst heute an, stimmt's?«

»Ja, Mama.«

»Sei vorsichtig im Flugzeug!«

»Wobei?«

»Wobei? Was für eine Frage! Bei allem natürlich!«

Es ist mild draussen. Ich habe Clothilde umarmt, bevor ich gefahren bin. Sie hat mich fest an sich gedrückt. Ich habe ihr versprochen, bald zurück zu sein, auf dem kleinen Platz an der Rue des Martyrs.

Meine kleine Schwester erwartet mich schon am Flughafen. Sie trägt ein grünes Kleid mit blütenbestickten Ärmeln. Ihr Haar fällt in langen Wellen über ihre Schultern. Sie winkt mir dezent zu. Mir stehen Tränen in den Augen. Wir umarmen uns. Sie drängelt: *Wir sind spät dran, wir müssen noch beim Konditor vorbei und das Gebäck abholen. Beeilen wir uns, Mama wartet schon. Und ruf sie doch bitte rasch an, und sag ihr, dass dein Flieger nicht oben in den Wolken explodiert ist, du weisst ja, wie überaus ängstlich sie ist!*

Der Himmel, die Sonne, die Luft ... alles ist so anders und zugleich so schrecklich vertraut. Es fällt mir schwer, beim Gehen mein Gleichgewicht zu finden. Der linke Fuss tritt sicher auf, weiss, wie es vorwärtsgeht, ist ohne Furcht, aber der rechte hat Mühe, sich zurechtzufinden.

Algier. Noch immer eine riesige Baustelle. Ein Knoten im Hals schnürt mir die Kehle zu. Ein merkwürdiges Gefühl. Die geballte Einsamkeit in so einem kleinen Knoten.

Im Auto betrachte ich meine kleine Schwester von der Seite. Ein makelloses, klares Profil. Sie dreht den Zündschlüssel im Schloss, gibt Gas und fädelt sich aus dem Parkplatz aus, nachdem sie etlichen anderen Autofahrern geduldig Vorfahrt gewährt hat. Sie erzählt mir die letzten Neuigkeiten von den Cousins, den Nachbarn, den Freunden der Familie. Sie stellt mir Fragen über Paris, meine Arbeit, meine Wohnung, meine Freunde. Ich mustere ihre Hände am Lenkrad, ihren sicheren, geschmeidigen Griff. Sie ist glücklich. Sie hat einen Mann gefunden, der sie liebt und den sie ebenfalls liebt. Sie hat eine Arbeit, die ihren Ansprüchen genügt, aber seit ich in Paris lebe, haben wir uns voneinander entfernt.

Nach dem Tod unseres Vaters hatten wir beide uns ins Auto gesetzt und einen ganzen Tag zwischen Himmel und Meer verbracht, auf einer Strasse, die auf der einen Seite von roter Erde gesäumt war, auf der anderen von Sand. Es war Sommer. Eine leichte Brise bewegte die Palmwedel. Die Erde war rissig und ausgedörrt. Blüten in Orange, Gelb, Rosa setzten der Landschaft heitere Tupfer auf.

Es hatte uns in ein leeres Restaurant hoch über einem einsamen Strand verschlagen. In Algier gilt ein Ort dann als schön, wenn er menschenleer ist. Ein von allen geschätzter Ort kann sehr schnell unerträglich werden. Wenn man in Algier einen magischen Ort entdeckt, behält man das lieber für sich.

Dieser Tag war ein Patchwork von Emotionen, befreiendem Lachen und Tränen gewesen, von Geschichten über Papa, verborgenen oder vergessenen Anekdoten, verrückten Plänen und Projekten.

Wir hatten auch und vor allem über Algier geredet – die weisse, die graue, die lärmende, die prunkvolle, mit nichts zu vergleichende Stadt –, mit den ewigen Fragen, die sich der Algerier so stellt: Soll man bleiben? Oder gehen? Soll man leben? Oder aufhören, noch daran zu glauben?

Vom Heiraten hatten wir nicht gesprochen. Und das war gut.

Ich versuche, mich an die letzten geflüsterten Worte meines Vaters zu erinnern. Mein Gedächtnis foppt mich. Wie schwer es doch manchmal ist, sich zu erinnern.

Ein dumpfer Schmerz in der Kehle, wie ein Schrei im Kopf. Wie Stimmfetzen im Gedächtnis.

Wir fahren durch Sidi Yahia, um das Gebäck abzuholen. Auf der Hauptverkehrsader herrscht Chaos. Überall Läden: unbekannte Aushängeschilder, gefälschte Markenprodukte. Einige Cafés sind von Männern mit Schnauzbart okkupiert. Ein Geschäft mit Elektrohaushaltsgeräten der Luxusklasse grenzt an einen Hammam, vis-à-vis eine Metzgerei. Ein Sushiverkäufer teilt sich einen Laden mit einem Mozabiten*, der Lampen und Leuchten aller Art offeriert. Dicke Limousinen, von arroganten jungen Männern gelenkt, provozieren monströse Staus. Wenn es regnet, platschen Gross und Klein durch die tiefen Löcher auf den Gehwegen. Willkommen in Sidi Yahia, dem Viertel, das sich als Pendant zu den Champs-Elysées versteht.

Aus dem Auto heraus, das ich im Moment nicht verlassen mag, entdecke ich vertraute Gesichter, Freunde vom Gymnasium, von der Universität, von anderswoher.

* Strenggläubige Minderheit von Berbern aus der zentralalgerischen Oase Mzab, die traditionell Händler sind.

In Algier gibt es keine Anonymität. Deine Freunde aus der Grundschule werden zu Nachbarn, wenn du erwachsen bist. Und deine Feindinnen vom Gymnasium sind später deine Schwägerinnen.

Endlich erreichen wir unser Zuhause, diesen streichholzschachtelartigen, viergeschossigen Bau mit den rissigen Wänden. Ich erkenne die reglose Silhouette meiner Mutter oben im ersten Stock, hinter den transparenten Gardinen des Wohnzimmers. Ich eile die Treppe hinauf. Sie küsst mich ab, würde am liebsten weinen, lächelt zufrieden, endlich ist ihr grosses flachbusiges Mädchen wieder da. *Komm schnell etwas essen, du bist ja ganz mager. Warum trägst du keine Kontaktlinsen? Mit dieser Brille siehst du ja steinalt aus. Wie eine pensionierte Lehrerin oder Mary Poppins.*

Ich stelle den Koffer in meinem Zimmer ab. Alles ist rosa, sauber, aufgeräumt. An den Wänden Fotos von mir als kleinem Mädchen, die den Kloss in meiner Kehle anschwellen lassen. Hier und da Plastikblumen, damit der Raum heiterer erscheint.

In einer kleinen Nachttischlampe flackert gedämpftes Licht. Ein orange-rötlicher Schein. Unmöglich, sich zu entspannen, so still, wie es hier ist. Und doch ist das hier mein Zuhause. So viele Jahre schon pendele ich zwischen dem einen und dem anderen Zuhause hin und her, und immer ist da dieselbe Beklemmung. Dieselbe tiefsitzende, hartnäckige Angst.

»Du wirkst erschöpft. Du arbeitest zu viel. Du solltest heiraten.«

»Schon, aber doch nicht gleich …«

»Aber du wirst bald dreissig …«

»Ich weiss, Mama, ich weiss.«

»Deine kleine Schwester heiratet demnächst, und du bleibst allein zurück …«

»…«

»Es fehlt dir nur noch eine Katze! Eine alte Jungfer und ihre Katze!«

»Ich habe keine Katze, Mama …«

Jedes Mal kommt sie mir mit dieser verfluchten Katze.

»Du isst ja gar nichts!«

Alle sprechen sie von der Liebe als ganz grosser Sache, ganz grossem Schlamassel, ganz grosser Herzensangelegenheit. Dabei liegt einem doch gar nichts an der Liebe. Wenn ich nachts wach liege, denke ich doch nicht an die Liebe. Ich denke an Freundschaft, an schallendes Gelächter, an Geheimnisse, in ein vertrautes Ohr gemurmelt, an Augen, aus denen der Schalk blitzt. Ich denke an Clothilde, die so weit weg ist, denke an die Bank, auf der wir immer sitzen, und an den brühheissen Kaffee, den wir zusammen trinken.

Wir machen es uns auf dem Sofa bequem und sehen uns die alten Videokassetten an, die unsere Mutter sorgsam aufbewahrt hat. Auf dem Bildschirm lächeln wir fast nie, weil die ausgefallenen Milchzähne lauter Lücken im Gebiss hinterlassen haben. Ein paar Freunde tauchen auf. Manche hat man längst vergessen oder aus den Augen verloren, aber es sind und bleiben doch Freunde. In einem der Filme sind meine Schwester und ich mit einem ehemaligen Nachbarn zu sehen. Ich war damals zehn und er vierzehn. Ein netter Junge, der mir das Fussballspielen beibrachte. Wir spielten nicht in einem Klub oder einem richtigen Stadion, sondern auf einer Brache, die von Gestrüpp überwuchert war und wo überall Mülltüten herumlagen. Wir fühlten uns wohl. Hin und wieder näherte sich ein streunender Hund, dann zitterten wir vor Angst. Manchmal stiess mein Fuss gegen eine Mülltüte, eine klebrige Schmiere quoll heraus und befleckte meine alten weissen Turnschuhe, aber wir fühlten uns wohl.

Wenn ich abends vor dem Einschlafen an den Jungen dachte, klopfte mein Herz so heftig, dass ich befürchtete, ich bekäme einen Infarkt, dann legte ich meine Hand aufs Herz und sagte Gedichte auf, damit es sich beruhigte.

Ich erinnere mich noch gut … Die Stimme des Jungen war tief und dunkel. Er wirkte, als hätte er stets etwas Wichtiges mitzuteilen. Er hatte eine Art, mich anzulächeln … In den Augen der anderen war an ihm nichts Besonderes, nichts Unglaubliches, nichts, was es wert wäre, dass ich mich heute noch seiner entsinne. Nein, sein Lächeln war nicht aussergewöhnlich, aber es war ein schönes Lächeln und galt nur mir allein.

Als wir uns zum letzten Mal sahen, spendierte er mir ein Eis. Von einem jähen Impuls getrieben, gestand ich ihm kokettierend, dass ich die Absicht hätte, Profifussballerin zu werden. Das stimmte zwar nicht, aber ich wollte ihn beeindrucken. Vielleicht hätte er alles aufgegeben, um mich zu trainieren. Er wäre mein Mentor geworden. Ich hätte für ihn allein die Spiele gewonnen. Er wäre nach jedem Spiel zu mir auf den Platz gekommen. Wir wären vom Minister für Jugend und Sport empfangen worden. Ich sehe mich noch, wie ich ihm all das sage, mit meiner ernsthaften Kleinmädchenmiene und meinen metallicblauen Bike-Shorts, die hauteng meine knabenhaften Hüften umspannten.

Er lachte nur.

Ich sitze mit Mama vor dem Fernseher, wir sehen die Abendnachrichten von Canal Algérie und knabbern eine Tafel Schokolade. Auch wenn Mama es nie zugeben würde, hat sie ein Faible für den Sprecher, dessen Schultern zwei Drittel des Bildschirms ausfüllen. Nach vierzig Minuten Informationen über die letzten Grosstaten des Präsidenten erfahre ich, dass nach der jüngsten Erhebung des Staatlichen Amts für Statistik Algerien 37,9 Millionen Einwohner habe. Einundfünfzig Prozent Männer und neunundvierzig Prozent Frauen in der Altersgruppe der Fünfzehn- bis Vierundsechzigjährigen. Somit kämen 1,02 Männer auf eine Frau.

In Algerien hätte ich also beste Chancen.

Wenn man den Zahlen Glauben schenkt, ist es gar nicht möglich, dass ich mein Leben solo beende. Ich bräuchte nur umzuziehen, hierher zurück. Ich erkläre Mama, wie geeignet solche Statistiken sind, den Tourismus in unserem Land anzukurbeln. Sie antwortet verächtlich, dass man hier keine Ausländer möge und sehr gut unter unseresgleichen lebe. *Wir sind doch nicht wie die Marokkaner oder die Tunesier, die Ärmsten, denen weiter nichts übrigbleibt!* Sie fügt hinzu, dass es sich sicher um eine gefälschte Statistik handele. Der Nachrichtensprecher von Canal Algérie mag zwar stattliche Schultern haben, aber er ist ein Lügner, der seine erste Frau hat sitzenlassen, um eine jüngere mit näselnder Stimme zu heiraten.

Am letzten Abend vor meinem Weggang nach Paris hatte eine meiner Tanten mich unbedingt noch unter vier Augen sprechen wollen. Sie erklärte mir, dass man mit fünfundzwanzig Jahren das Leben ernst nehmen müsse, dass die Zeit schnell vergehe und meine Mutter recht habe. Sie riet mir auch, niemals meine Tür zu öffnen. Ich hatte genickt und ihr versichert, dass ich sie niemals öffnen würde, noch nicht einmal um aus dem Haus zu gehen.

Schliesslich hatte sie mich dann doch zu Bett gehen lassen. Im Zimmer meiner kleinen Schwester brannte noch Licht. Sie war in der Abschlussklasse und lernte fleissig fürs Abitur. Ich hatte nur kurz den Kopf durch die Tür gestreckt und sie scherzhaft gefragt, was sie nach dem Abi denn so machen wolle. Sie hatte gebrüllt, dass man sich hierzulande nicht aussuche, was man aus seinem Leben mache, und dass das Abitur bei uns eine politische Angelegenheit sei. Eines nicht allzu weit zurückliegenden Tages hatte auch ich hier Abitur gemacht, und auch ich hatte *Das Abitur? Eine politi-*

sche Angelegenheit! gerufen, ohne zu wissen, mit welcher Partei man sympathisieren müsse, um seine Chancen, es zu bestehen, zu erhöhen.

Bevor ich am nächsten Morgen zum Flughafen aufbrach, hatte ich meiner noch schlafenden kleinen Schwester ins Ohr geflüstert: »Mach dir keine Sorgen, klar ist das Abitur eine politische Angelegenheit, aber anscheinend hat man dieses Jahr vergessen, sich darum zu kümmern. Vielleicht bekommt ihr in Geschichte ja als Aufsatzthema: ›Stellen Sie sich das Algerien von morgen vor!‹«

Es gibt irgendwo eine Lichterstadt, in der eine Frau mit strähnigem Haar, die kein Zuhause hat, auf einer Bank sitzt und Selbstgespräche führt, gefangen in ihren Worten, gefangen in ihrer Einsamkeit.

Eines Tages werde ich für immer hierher zurückkommen. Ich weiss nicht, ob es mich glücklich machen wird. Ich werde Clothilde gewiss mit wehem Herzen verlassen. Sie wird weinen, und ich werde versprechen wiederzukommen. Eine Lüge, kein Versprechen.

Ich werde den schnauzbärtigen Polizisten gegenüberstehen. Mich nicht fürs Abstempeln meiner Papiere bedanken. Ich werde die Augenbrauen hochziehen. Ein Lächeln werden sie von mir nicht mehr bekommen.

Ich werde an banale Dinge denken: meine im Bad vergessene Zahnbürste, den auf einem Stuhl zurückgelassenen Morgenmantel, das offen gebliebene Fenster …

Ich werde durch die Strassen von Algier streifen. Ich werde nach dem Spitzenbärtigen Ausschau halten.

Ich werde in Fotoalben blättern. Vor meinen Augen wird die Jugend meiner Eltern aufscheinen. Ich werde bedauern, nur den Vater, nicht den Mann gekannt zu haben. Werde staunen, ihn mit einer Zigarette im

Mundwinkel zu sehen. Mir Gedanken über ein Foto machen, das ihn mit einer Frau zeigt, die nicht meine Mutter ist.

Ich werde älter als mein Vater zum Zeitpunkt seines Todes sein, und das wird mich unendlich traurig stimmen. Ich werde um diesen Menschen trauern, den es schon längst nicht mehr gibt.

Eines Tages werde ich solo nach Algier zurückkommen, und es wird kein Drama sein.

Ich werde die Augen schliessen und die Jahre an mir vorüberziehen lassen. Nicht alle, sondern nur Bilder, komponiert aus Angst und Schönheit, Entsetzen und Trauer. Ich werde mich an schallendes Gelächter und Tränen des Glücks erinnern, an Momente intimer Nähe, an Umarmungen in den Vierteln von Paris. Ich werde leuchtende Farben vor mir sehen, erschöpftes Lächeln, Hände, die zum Himmel zeigen, zurückgelassene Schals, Augen voller Fragezeichen.

Ich werde das Mitteldin einfach vernichten.

Es wird Herbst sein. Ich werde früh am Morgen in die Stadt aufbrechen. Ich werde Steine auflesen, und sie werden nicht mehr schwer in meiner Tasche liegen. Der Himmel wird klar sein, allenfalls von ein paar Wolken belebt. Es wird Beton und gelbblütige Blumen geben. Ich werde beim Laufen meinen Schatten im Auge behalten. Mich geräuschlos auf einer rissigen Strasse bewegen, in einer Art Vakuum. Die Passanten werden mich ignorieren, die Tauben erschreckt auffliegen, die Spatzen treu zur Stelle sein. Ich werde diese Orte mit anderen Augen betrachten, denn das alles will mir etwas sagen. Ich werde mit Katzen und Hunden in der Stadt umherstreunen. Werde warme, mit Erde befleckte weisse Mauern berühren.

Ich werde die Riemen meiner Tasche zurechtrücken und die Stufen einer alten Treppe hinabgehen. Der Schatten der Palmen wird mich vor der Sonne schützen.

Amina wird zu mir stossen. Wir werden nach Pinien Ausschau halten. Werden fürchten, dass die Hyänen, die wir schon heulen hören, uns über den Weg laufen könnten. Männer werden sich nähern. Wir werden die breiten Strassen verlassen und uns in enge Gassen flüchten, Sackgassen finden und Kanaldeckel.

So werden die Wochen, die Monate vergehen. Bis der Winter beginnt, diese seltsame Jahreszeit. Und wir anfangen, bang den Himmel zu betrachten. Und die Stadt, schutzlos und wehrlos den Winden ausgeliefert.

Und die Kälte wird Einzug halten.

Literatur aus dem Maghreb im Lenos Verlag

Die Engel von Sidi Moumen
Roman aus Marokko
Aus dem Französischen von Regula Renschler
183 Seiten, broschiert
ISBN 978 3 85787 788 9
LP 188

»Binebines Roman ist nicht nur eine Anklage des Extremismus, der in der Gestalt von freundlichen Imamen und Emiren auftritt und Jugendliche zu fatalen Taten führt. Er ist auch eine Anklage an einen Staat, der die Augen verschliesst vor den unhaltbaren Umständen in den Bidonvilles.«
Amnesty

LITERATUR AUS DEM MAGHREB IM LENOS VERLAG

Der Himmel gibt, der Himmel nimmt
Roman aus Marokko
Aus dem Französischen von Hilde Fieguth
216 Seiten, gebunden, mit Schutzumschlag
ISBN 978 3 85787 466 6

»Mahi Binebines Roman über einen Strassenjungen aus Marrakesch ist eine Coming-of-Age-Erzählung von der heilsamen Wirkung der Kunst auf Mensch und Gesellschaft.«
Welt-Sichten

Literatur aus dem Maghreb im Lenos Verlag

Mahi Binebine
Willkommen im Paradies
Roman aus Marokko
Aus dem Französischen von Patricia A. Hladschik
216 Seiten, gebunden, mit Schutzumschlag
ISBN 978 3 85787 481 9

»Mahi Binebine erzählt von den Menschen, die nur deshalb in Marokko sind, weil man nirgends sonst auf dem Kontinent Europa so nahe ist.« *Süddeutsche Zeitung*

»Ein authentisches Zeugnis der afrikanischen Flüchtlingsproblematik, lebensnah und anschaulich.« *Donaukurier*

Literatur aus dem Maghreb im Lenos Verlag

Habib Selmi
Meine Zeit mit Marie-Claire
Roman
Aus dem Arabischen von Regina Karachouli
246 Seiten, broschiert
ISBN 978 3 85787 763 6
Lenos Pocket 163

»Habib Selmi schildert mit leisem Humor, wie sich eine aufgeweckte Französin und ein wortkarger Tunesier allmählich entlieben.«
Die Presse am Sonntag

Arabische Literatur im Lenos Verlag

Ghada Abdelaal
Ich will heiraten!
Partnersuche auf Ägyptisch
Aus dem Ägyptisch-Arabischen von Kristina Bergmann
218 Seiten, broschiert
ISBN 978 3 85787 756 8
Lenos Pocket 156

»Ein komisches und rührendes Buch, in dem man lachend manches über die ägyptische Gesellschaft erfährt.«
Tages-Anzeiger